U0097415

古典詩歌研究彙刊

第二三輯

龔鵬程 主編

第 14 冊

中國詩歌形式研究
——以長短句節奏格律為中心（第四冊）

柯 繼 紅 著

國家圖書館出版品預行編目資料

中國詩歌形式研究——以長短句節奏格律為中心（第四冊）
／柯繼紅 著 — 初版 — 新北市：花木蘭文化事業有限公司，
2018〔民 107〕
目 4+172 面；17×24 公分
（古典詩歌研究彙刊 第二三輯；第 14 冊）
ISBN 978-986-485-291-8（精裝）
1. 中國詩 2. 詩評
820.91　　　　　　　　　　　　　　　　107001416

ISBN-978-986-485-291-8

9 789864 852918

古典詩歌研究彙刊
第二三輯　第十四冊　　　　　　ISBN：978-986-485-291-8

中國詩歌形式研究——以長短句節奏格律為中心（第四冊）

作　　者　柯繼紅
主　　編　龔鵬程
總 編 輯　杜潔祥
副總編輯　楊嘉樂
編　　輯　許郁翎、王筑　美術編輯　陳逸婷
出　　版　花木蘭文化事業有限公司
發 行 人　高小娟
聯絡地址　235 新北市中和區中安街七二號十三樓
　　　　　電話：02-2923-1455／傳真：02-2923-1452
網　　址　http://www.huamulan.tw 信箱 hml810518@gmail.com
印　　刷　普羅文化出版廣告事業
初　　版　2018 年 3 月
全書字數　449398 字
定　　價　第二三輯共 14 冊（精裝）新台幣 22,000 元

中國詩歌形式研究

——以長短句節奏格律為中心（第四冊）

柯繼紅　著

目

次

附　錄

一、文獻綜述

本文所用文獻分從以下四個方面進行介紹。

（一）關於詞牌格律的研究及主要詞譜

　　詞在由「歌詩」逐漸演變成「誦詩」的進程中，「律詞」的特點越來越突出，詞譜的出現成為自然的事情。宋南渡期間，朱敦儒擬定詞韻十六條，外加入聲韻四條，事見戈載的《詞林正韻・發凡》，可惜失傳。南宋人作詞多宗周邦彥，故《清眞詞》具有事實上的詞譜意義。現存最早的詞譜專書是明代張綖的《詩餘圖譜》和程明善的《詩餘譜》，錯誤雖多但有草創之功。清萬樹在張綖的基礎上，用較精密的歸納法，總結出唐宋以來的各個詞調的格律句式，依例制文字譜《詞律》，收詞牌 660 個，詞體 1180 個，收錄嚴謹，後出轉精，良資借鑒。其後，杜文瀾作《詞律校勘記》、徐本立作《詞律拾遺》，為詞律補遺正誤，增詞牌 165 個，詞體 316 個。王奕清等在萬樹的基礎上增詞體，補黑白譜，作《欽定詞譜》，收詞牌 826 個，詞體 2306 個，搜羅該洽，論斷詳明，詞譜大備，可以使用。其後道光年間秦巘，指《詞律》「四缺六失」，「以時代為次序，首列宮調，次考調名，次敘本事，次辨體裁，末附鄙見」，作《詞繫》以糾正，是書晚出，由鄧魁英、劉永泰

先生整理於 1996 年北師大出版社出版，其資料極可參備。晚清舒夢蘭作簡譜《白香詞譜》，收常見詞牌 100 個，逐字標明平仄、韻腳，可視爲《詞律》的簡譜，爲初學者喜歡；王力《漢語詩律學》第三章專講詞，參照西方方法將詞譜製成簡譜，收詞牌 206 調，詞體 250 餘體，方便記憶；龍楡生的《唐宋詞格律》也是入門新譜書，收常見詞牌 153 個，選具體詞作爲定格，按格標出句讀、平仄、韻位，間或指出其聲情，並對特定字法句聲以及特定格式變格作出說明。──以上詞譜都可借鑒。

本文所用詞牌以《詞律》、《欽定詞譜》、《詞繫》三譜釐定爲準，參合使用，其他詞譜皆備參考，詞韻則主要參看清戈載的《詞林正韻》。略述如下。

（二）關於格律基礎理論的研究

以唐宋人的講解和今人的總結爲準。

唐宋人關於作詩格律的集中講解有兩本書最可參考，一是日本遍照金剛編撰的《文鏡秘府論》，有中華書局 2006 年盧盛江校考本，一是題爲宋陳應行編撰的《吟窗雜錄》，有中華書局 1997 年影印本。《文鏡秘府論》保存了中國久佚的中唐以前的論述聲韻及詩文做法和理論的大量文獻，其中關於四聲、八病、三疾、六犯、八體、十病、二十八病犯的記載，極爲豐富複雜，眞實反映了律詩定型前後人們對於詩歌句法格律所進行的各式探索，其論述雖然多針對五言，但對本書仍有強烈的啓發意義。《吟窗雜錄》是宋人編輯的一部彙集從初唐到北宋有關詩格、吟譜、句圖以及詩論的總集，收錄的是唐宋人的詩格詩法舉例，其中涉及聲律論 15 處，主要涉及的聲律現象有四聲、八病、雙聲疊韻連綿等疊語、齊梁格、柏梁體、迴文、互律體背律體計調體雙闋體等等，對本文的格律研究有重要的參考價值。宋以後對於格律的研究浩如煙海，如董文渙的《聲調四譜圖說》，就深入探討了「拗救」現象，不能備說。

今人對聲律的認識已非常充分，其中，王力和啓功兩位先生的工作最值得注意。王力先生作《漢語詩律學》，綜合前人的研究，系統探討了漢語詩歌從古體到近體、詞、曲的平仄規律。其中對於五七言詩律的探討最爲完備，提出了八個基本律句及「黏對」、「拗救」規律，形成了完整的近體詩格律原則；另外，對於長短句詞，王力則探討了從一言到九言句的常見格律結構，並將其視爲律句，對詞牌進行了編排，基律句觀念雖未必先進，但考察結果則不容忽視。啓功先生則在王力的基礎上更進一步，作《詩文聲律論稿》，提出「竹竿律」說，據此界定「律句」概念的內涵，將「律句」觀念擴大到從二言到九言的所有範疇，並系統探討了二言到九言律句的各種平仄可能性。兩位先生的工作可以概括爲三點：1、「竹竿律」；2、新的「律句」觀念；3、五七言齊言詩的「黏對規律」。本文的長短句格律研究工作將以二位先生的討論作爲起點。

（三）關於詞句式與聲情的研究

詞的句式與聲情研究，是本文的核心。前人這方面的研究成果，擬分古今兩個部份來綜述。

古代關於詞句式與聲情的研究

分三類，側重句式的，側重聲情的，二者糅合的。此類研究，當以各類詞譜爲大宗，上文已備說，詞譜的研究側重於句式。其次，則散見於各種詞話，類型不一，有說句式的，有說聲情的，有糅合的，須細心鈎稽。詞話的資料有唐圭璋編的《詞話叢編》，收錄古代詞話 85 種，搜羅該備，足可使用。再次，則散見於各種總集序跋中，亦須著力採集。最後，則分散於各類別集箋注批評文字，此類文獻浩駁雲煙，但多從實際批評出發，側重詞文聲情，雖未必說及句式，句式實爲情內之事，故對本文研究有重要幫助。別集文獻雖不能全備，歐蘇秦柳、周李辛姜諸大家則不得不隨時參備。後三者的資料收集工作，尚須假以時日。

今代關於詞句式與聲情的研究

以百年來各詞家的研究文字爲主,擇其要者論之,則有吳、唐、王、梁、劉、詹、龍、夏、啓、洛諸家。或有認爲,詞的句式研究所涉及的體式和文字聲調格式,包括用韻、四聲、平仄、詞體、詞調等內容,清人《詞譜》似已做完,很難突破;事實上並非如此。今人在詞的一至九言單句格律、詞的表情功能、詞的體制構成等方面都有新發明。

吳梅《詞學通論》

凡9章,首章緒論,末四章以108家詞人繫唐五代、北南宋、金元、明清詞史,中四章分論「平仄四聲」、詞韻、詞樂以及詞的做法。吳梅爲曲學家,論詞謹守詞樂,「緒論」所及,與本文相關如下諸條:1．「詞之爲學,意內言外,發始於唐,滋衍於五代,而造極兩宋,調有定格,字有定音,實爲樂府之遺,故曰詩餘」;2．「或謂詞破五七言絕句爲之,如《菩薩蠻》是,又謂詞之《鷓鴣天》即七律體,《玉樓春》即七古體,《楊柳枝》即七絕體,欲實詩餘之名,殊非確論」;3．「作詞之難,要在上不似詩,下不類曲,不淄不磷,立於二者之間」;4．「詞則萬不能造新名,僅可墨守成格。何也?曲之板式,今尚完備,苟能遍歌舊曲,不難自集新聲。詞則拍節既亡,字譜零落,強分高下,等諸面壁,間釋工尺,亦同嚮壁……而欲彙集美名,別創新格,既非惑世,亦以欺人,此其二也。至於明清作者,輒喜自度腔,幾欲上追白石、夢窗,眞是不知妄作。又如許寶善、謝元淮輩,取古今名調,一一被諸管絃,以南北曲之音拍,強誣古人,更不可爲典要,學者愼勿惑之」;5．「擇題最難。作者當先作詞,然後作題」──所列現象皆爲重要,所作評價則須重新考察。其論「平仄四聲」章云:「平仄一道,童孺亦知之,惟四聲略難,陰陽聲則尤難耳。詞之爲道,本合長短句而成,一切平仄,宜各依本調成式。五季兩宋,創造各調,定具深心……今雖音理失傳,而字格俱在。學者但宜依仿舊作,字字恪遵,庶不失此中矩矱」;「凡古人成作,讀之格格不上口,拗澀不順者,

皆音律之妙處」；「雖然，平仄之道，僅只兩途，而仄有上去入三種，又不摁扣遇仄而三聲統添也。一調之中，可以統用者，十之六七，不可統用者，十之三四……黃九煙論曲，有「三仄應須分上去，兩平還要辨陰陽」之句，填詞何獨不然」；「詞有必須用入之處，不得易用上去者」──與其緒論精神一致，並隨文列舉大量實例，其論雖未必盡當，但其舉例則須重視，此等處與本文關係重大，都須重新彙萃檢討。是書第五章講詞的做法，分講詞的「結構」、「字義」「句法」、「結聲」和「雜述」，與本文關係最爲密切。其「結構」部份述長短調聲情之別：「凡題意寬大，宜抒寫胸襟者，當用長調。而長調之中就以蘇辛豪放之作爲宜。若題意纖仄，模山範水者，當用小令或中調」，辨宮調聲情之異：「惟境有悲歡，詞有哀樂。大抵商調、南呂諸詞，皆近悲怨，正宮、高宮之詞，皆宜雄大，越調冷雋，小石風流，各視題旨之若何，以爲擇調張本」──很值得重視。其「句法」部份則始通講一字至七字句之平仄節奏關係，所講甚略，原有發端之功，聊備瀏覽。後來王力先生於此部份有詳細考察，下文再述。另外，吳梅的《詞與曲之區別》一文亦有參考價值。

唐圭璋《詞學論叢》

收平生詞學重要論文論述，分「輯佚」、「考證」、「校勘」、「論述」四章。與本文最相關者集中在「論述」章《歷代詞學研究述略》、《論詞之做法》兩篇。其《歷代詞學研究述略》篇「詞律」部份將詞的文字格式分爲「分段」、「詞調」、「詞體」、「句法」、「用韻」五個項目，在分段項目中述及「雙拽體」，在「詞調」「詞體」項目中列舉了清代主要詞譜，爲本文研究所參用。其《論詞之做法》篇「先論作詞之要則，次論詞之組織，再論詞之作風，以供學者參閱」，「要則」部份論及「讀詞」、「作詞」、「改詞」，「詞之組織」部份章言及字法、句法、章法，「詞之作風」部份提倡「雅」、「婉」、「厚」、「亮」；與本文最相關的是其「詞之組織」部份，該部份詳論詞的字法、句法和章法的各種現象和規律：「字法」部份論及「動字」緊要、「形容字」生動、「虛

字」傳神、「俗字」忌諱、「疊字」增美、「代字」委屈含蓄、「去聲字」跌宕警亮，其關於「去聲字」的論述，舉例頗多，爲本文句式聲情研究提供不少生動的資料；「句法」部份論及「單句」、「對句」、「疊句」、「領句」、以「擬、待、欲、又恐、又怕「爲標誌字的「設想句」、以「更」爲標誌字的「層深句」、以「不＋＋，＋＋」爲特徵的「翻轉句」、「呼應句」、以「縱」字爲標誌「「透過句」、「擬人句」等——其「單句」論及一至七言句式，其「對句」論及三字對、四字對、五字對、六字對、一四句法五字對、三四句法七字對，其領句論及「一字領」和「二字領」，「一字領」包括「一領三」、「一領四」、「一領三字對句」、「一領四字對句」、「一領五字對句」、「一領六字對句」、「一領八字偶句」，「兩字領」包括「兩字領七字句」、「兩字領六字對」、「兩字領四字對」，其「疊字句」則言及一、二、三、四、五、六字疊句——皆有舉例，對本文句式研究最有貢獻；「章法」部份論述「起」、「結」和「換頭」，「換頭」又分多種，論述最爲豐富，惜乎未從句式角度考慮。

龍榆生《詞曲概論》《龍榆生詞學論文集》

實踐作者本人倡導的「聲調之學」研究的示範性著作，善於將詞牌格律與聲情聯合起來進行研究，既有理論的深度，又有實踐的生動，論詞通達，視野開闊，誠然爲「聲調之學」的開山。其《研究詞學之商榷》一文，討論詞學研究的八個範疇，倡導「聲調之學」，提出「聲調之學」的理論構想：「取號稱知音識曲之作家，將一曲調之最初作品，凡句度之參差長短、語調之徐疾輕重、叶韻之疏密清濁，一一加以精密研究，推求其複雜關係，從文字上領會其聲情；然後羅列同一曲調之詞，加以排比歸納，則其間或合或否，不難一目了然」，實際上就是倡導研究詞的句式與表情的關係。其《詞曲概論》下篇法式論，收論文《論平仄四聲在詞調結構上的安排和使用》、《陰陽上去在北曲南曲中的搭配》、《韻位疏密與表情的關係》、《韻位的平仄轉換與表情的關係》、《宋詞長調的結構和聲韻安排》、《論適用入聲韻和上

去聲韻的長調》等，詳細進行了這方面的嘗試，在這些論文中，作者根據平生研究的心得，用「同聲相應」、「異聲相從」、「奇偶相生」、「輕重想權」等法則，加以廣博的例證，說明詞曲作品中平仄四聲的安排、平仄的轉換及韻位的疏密，與表達不同思想感情的關係，詳細探討聲韻在詞曲作品中所取的作用，這些論文與本文關係最為密切，文中所提出的四個原則，對本文有指導意義。類似的論文還有收錄在《論文集》中的《令詞之聲韻組織》、《填詞與選調》、《論平仄四聲》、《談談詞的藝術特徵》等篇。值得注意的是，龍榆生倡「聲調之學」，非僅為聲調而聲調，他還有另外更高遠的目的，收入《論文集》中的另外三篇論文《詞律質疑》、《今日學詞應取之途徑》和《創製新體樂歌之途徑》則透漏了這方面的消息。《詞律質疑》指出：「居今日而言詞律，將廢棄四聲而高談宮調乎？抑將謹守四聲，自詡為可盡協律之能事乎？前賢不可復作，音譜亦淹沒無傳，聲音之道至微，果將何所取正？然歸納眾製……則四聲清濁之間，亦大有研究之價值。必守一家之說，以為四聲清濁，可以盡宋詞音譜之妙，乃謹守勿失，而自詫為能契其微，則恒以偏概全，動多窒礙。吾意今人之言詞律，乃如詩律之律；詞至今日，特一種句讀不葺之新體律詩耳」，「自音譜失傳，填詞乃等於作詩。詩律有精粗，而不能個個規矩。詞既有共通之規式，則或依平仄，或守四聲，自可隨作者之意，以期不失聲情之美」，「吾知他日必有聰明才學之士，精究乎詞曲變化之理，與聲韻配合之宜，更製新詞，以入新曲……正不妨自我作古，更何必以自製新詞為嫌哉？」《今日學詞應取之途徑》指出：「自樂譜散亡，詞之合律與否，烏從而正之？居今日而言詞，充其量仍為句「讀不葺之詩」。特其句讀參差，極語調之變化，又其抑揚輕重，流美動人之音節，誦之而利唇吻，聽之尤足以激發人之意志情感，但得婉轉相諧，固已足盡長短句歌詞之能事，以自抒其身世之感，與心胸之所欲言……」。《創製新體樂歌之途徑》中言「新體樂歌之聲韻辭采」，鼓勵學習唐宋詞，創製新樂詞。其所持見解之圓通則又在王力、洛地等之上。

王力《漢語詩律學》

以詩律通論的精神來講中國詩歌，第三章專講詞，分講概說、字數、詞韻、平仄、詞譜，囊括前人，時出己見，宏富完備，對本文最有參考價值。「**概說**」篇第二條稱「從格律方面說，詞是淵源於近體詩的」；第三條稱「它的定義應該是「一種律化的、長短句的、固定字數的詩」；第六七八九條舉例分辨了中唐轉折期的詞《舞馬詞》、《回波樂》《阿那曲》《踏歌詞》《三臺》、《楊柳枝》、《竹枝》、《浪淘沙》《抛球樂》、《謫仙怨》、《廣謫仙怨》、《怨回紇》、《清平調》的近體詩性質，後來任半塘將這些都歸入「聲詩」；第十二條舉例分辨了五代成熟期的詞溫庭筠的《木蘭花》、韓偓的《生查子》、《瑞鷓鴣》的近體詩性質；第十三條舉例分辨了七絕分減一字成《搗練子》、《鷓鴣天》的情況，並說「增減三五字或增減一兩句的，例子太多，不能一一列舉」。其「**字數**」篇與本文研究密切相關，第二條稱「最初的詞大約是由近體律絕增減而成」；第二三四條舉例論及合兩首七絕每絕增一字成《踏莎行》、增兩字成《鵲踏枝》、首疊增兩字次疊增四字成《定風波》；第六條論及最短最長詞；第七八九條論及單調、雙調、三疊、四疊之分；第 11 至 18 條歸納「令」、「引」、「近」、「慢」現象，舉例頗多，解釋並不清楚；第 19、20、21、22 條舉例講「攤破」、「減字」、「偷聲」、「促拍」現象皆與增減字相關，舉例有《攤破浣沙溪》、《攤破醜奴兒》、《攤破採桑子》、《偷聲木蘭花》、《減字木蘭花》、《促拍醜奴兒》。其「**詞韻**」篇內容豐富，「詞韻」中篇第 6 條提出詞人押韻「最嚴的竟是依照詩韻，最寬的甚至不依照一般的詞韻。這一則是因爲各家用韻有寬有嚴，二則因爲方音所囿」；中篇第七條例舉「上去通押」現象；中篇第八條例舉「平仄互叶」的現象；「詞韻」下篇第 1 條講限用平仄韻的現象；第 3 條講「平仄韻均可」的現象； 第 4 條講「平仄轉韻」現象；第 5 條講「連環韻」現象；第 6 條講「隨韻」現象；第 7、8 條講「抱韻」現象；第 9 條講「交韻」現象；第 11、12、13 講「唐五代的韻密」，「宋詞的韻疏」。其「**平仄**」篇則更是與本文直

接相關，其文總結前人在詞的句式構成方面的成果，對詞的單句的格律構成規律進行了系統全面的歸納和分析，描述了從一字句到九字句的詳盡格律狀態，舉例豐富，極可參備，另外本篇中關於「對仗」的探討也很深入，值得注意。其「詞譜」篇依據句——段——篇結構，仿西方方法，編排 206 個詞調的格律譜，重要性自不必多說。對於詞的句式的專門研究，迄今為止，仍以王力的方法最為詳備，用力最多，成果也最大，可惜他沒有在單句規律和自創譜的基礎上再向前跨一步，去研究詞的單句搭配規律和句群搭配規律等更深的原則。

劉永濟《宋詞聲律探源大綱 詞論》

其《聲律探源大綱》以聲律通論的精神，預備詳細考察宋詞聲律與人情、聲律與韻文、聲律與音樂、韻文與音樂四組關係，最後得出結論「宋詞為聲律最完成階段」，但作者最終實際並未完成其構想，而只是舉例檢討了漢魏古體詩、永明新變體、唐人律詩、宋詞格律四個部份的格律狀況，約略勾勒出其格律演進關係，其最得意處在於他在第六章「總結」篇中所言七條之前四條，他說——「……我國古典文學詩歌詞曲中之聲律，自永明體詩人沈約、王融、謝朓等開始，中經唐律、唐五代小令以及宋詞逐漸發展而後達於完備，其間約經歷七八百年之久，無有專門研究之者，雖有沈約當時已將聲律最基本之法則，即相間相重之美已經確定，而後代詩人雖日日運用此一法則，亦無明確之認識。此為清代王士禛等與其弟子論及詩之聲律（有古詩平仄論），趙秋谷求王說不得，憤而……著為《聲律譜》，翁方綱撰五言詩平仄舉隅，皆初步研究詩歌聲律之作者。其後董文煥復根據趙氏之說加以增訂為《聲調四譜》一書……張綖之《詩餘圖譜》……程明善之《嘯餘譜》……萬樹因而發憤著《詞律》……於是清末填詞家遂偶有嚴守古詩四聲之說，實乃舍本求末、救弊補偏不得已之事也。名錄皆於沈約原聲切論之理、劉勰飛沈雙疊之說未加詳論，實則聲律論不明於世已千年矣，今因檢查宋詞聲律上溯至永明諸家，始將其源流變遷尋得其條理，據初步調查可得下列結論：（1）從檢查永明體及唐詩，

發現古典韻文排列方式四種命之曰正式，永明體詩之變新古詩者在此，其影響唐律下及宋詞者在此。（2）從檢查永明體詩及唐律，除四正式外，復參互配合得十二複式，此十二複式可將不合與四正式之永明體詩和唐律包括無餘，此外當有只用半式者。律詩與詞又運用整齊與錯綜相結合之規律亦不可不知。（3）檢查唐律中，可知唐律最通用之式為四正式中之交互式，唐五代小令及宋詞長至二百四十字之《鶯啼序》亦不出此交互式，是則詩詞之體雖異，其聲律一脈相傳。雖詞能化平板之律體為參差之句法，而貫穿其間之聲律除加以錯綜外，乃無大異也。（4）唐五代即見收入萬樹《詞律》者，為調660，為體1180，見收入徐本之詩詞補遺者，為調 165，為體 495，兩家合計共得 825調，1765 體。根據初步檢查，此 1675 體詞中，全後段平仄方式全合者 310，有合而不合者 873，加之得 1176，其絕大數是以交互式為主要方式，通首無平仄相合之聲律者亦有極少數，此其故有四，或係古調訛誤，或有詞人新制之詞，或因嘌唱家增減字句，或出於民間新聲宮調不正者」——簡言之，其所提倡發現者有四：「相間相重」原則、「四正式」、「十二複式」、「交互式」的普遍性，這四點原則對於本文句群構成研究有先導意義，可惜對於長短句的具體搭配情況作者竟沒有一言言及。其《詞論》結構篇言對句、聲采篇言聲情，亦有不少資料可供本文借鑒。

夏承燾《唐宋詞論叢》《月輪山詞論集》

收入《夏承燾集》，其論詞通達，善講詞的聲情藝術，與本文最相關的是他的三篇富有啟發意義的論文。論文《詞律三義》，收入《唐宋詞論叢》，舉例論證了宋人填詞「不盡依宮調聲情」、「不依月用律」、「不用中管調，故不能依月用律」，破除了古人偏執詞樂的迷信說法。論文《「陰上作去」「入派三聲」說》，舉例指出元曲字聲現象「陰上作去」「入派三聲」於宋詞中早已出現。論文《詞韻約例》舉例探討了唐宋詞押韻的十一種情況，資料詳明，論述清晰，可備參考。論文《唐宋詞字聲之演變》，和上文一起被龍榆生譽為兩篇異常精密的聲

學論文，此文聯繫作家創作和詞體演變，以具體詞例證實：1‧溫飛卿已分平仄；晏叔同漸辨去聲，嚴於結句；3‧柳三變分上去，尤謹於入聲；4‧周清眞用四聲，益多變化；5‧南宋方楊諸家拘泥於四聲；6‧宋季詞家辨五音分陰陽——這種系統的聲學研究，積極響應了龍榆生關於「詞調聲情」之學的倡導，可以說是開創了現代詞調聲情研究的新局面。論文《李清照詞的藝術特色》收入《月輪山詞論集》，是將聲學研究運用於具體作家作品藝術性探討的範例，其中論及《聲聲慢》：「用舌聲的共十五字」、「用齒聲的四十二字」、「全詞九十七字，而這兩聲卻多至五十七字，占半數以上，尤其是末了幾句：「梧桐更兼細雨，到黃昏點點滴滴，這次第，怎一個愁字了得！」二十多字裏舌齒兩音交加重疊，這應是有意用齧齒叮嚀的口吻，寫自己憂鬱惝恍的心情。不但讀來明白如話，聽來也有明顯的聲調美，充分表現樂章的特色」，體驗深刻，鞭闢入裏，誠然開拓了詞律研究的新方向。其他論文如《四聲繹說》、《犯調三說》、《姜夔詞譜學考績》，也皆可一讀。另外，夏承燾　吳熊和合著《讀詞常識》，雖曰常識，但其中論及「擇調」、「詞調與文情」、「詞調的分類與變格」以及詞體構成等內容亦盡可參看。

　　洛地《詞體構成》。

　　系統研究詞體「字——步——句——韻斷——片——篇」體式構成的著作，最晚出，一反當下尊「詞樂」的研究潮流，以音樂行家身份倡導「律詞」觀念，見解深刻，放言無忌，成一家之言，本文研究亦入其觚中，故當時備參看。該書是作者另一部著作《詞樂曲唱》的姐妹篇，大致精神相同，於本文最大的意義有兩點，一是它的「律詞」觀念，二是它的具體詞體構成研究。關於前者，作者考察了中國音樂的一般情況和宋詞的音樂狀況，宣稱：（1）詞是一種格律化的長短句韻文，「詞之為詞在其律」，可稱為「律詞」；（2）律詞的唱，是「以文化樂」，即「歌永言——依字聲化為旋律」的一類唱；（3）詞是我國最高層次的民族韻文形式；（4）「書面——案頭詞」是「律詞」的

大道——可以說與龍楡生、王力的提倡不謀而合。關於後者，作者試圖從新的方法系統探討詞體的「字——句步——韻句——韻斷——片——篇」體式構成，不過最後由於工作量的限制（或者也是方法上的問題），只完成了步的構成、句的構成、和幾種簡單的韻斷構成，並沒有完成作者全部的構想，雖然如此，文中所提出的「步步相對」原則、「自末步往前推，遇黏分句」的按律分句觀點、「以韻腳爲基點向上構建爲韻句」的按韻斷住觀點、偶言句型與奇言句型的分類、偶言型韻斷與奇言型韻斷的分類，仍然深具啓發意義；另外，作者還詳盡探討了「一字領」的類型和功能，「添字」、「減字」、「偷聲」、「添聲」、「減聲」、「促拍」、「折腰」、「攤聲」、「攤破」等現象對詞的句式變易產生的影響以及最終導致詞體衍生的情況，這些地方都大有研究的餘地。

宛敏灝《詞學概論》

設「章法」、「句法」、「音律」、「字聲」專章。其「句法」章講句式變化——「字數可以增減」、「句式的分合」——值得研究。其「音律」章講宮調聲情和擇腔擇律。其「字聲」篇講解字聲的各種現象和拗句的情況，較爲詳細。須備參考。

吳熊和《唐宋詞通論》《吳熊和詞學論集》。

前者有關詞體構成資料甚多，其第三章「詞調」之「詞調的異體變格」節舉例探討「轉調」、「犯調」、「偷聲」、「減字」、「添聲」、「添字」、「攤聲」、「攤破」「疊韻」、「改韻」等現象，值得參看。後者中的兩篇論文《唐宋詞調的演變》和《選聲擇調與詞調聲情》，可作爲句式聲情研究參看。

其他可參考的詞家

還有吳丈蜀、薛礪若、胡雲翼、詹安泰、羅忼烈、任二北等等，其著作不能一一列舉。吳丈蜀《詞學概說》雖然簡易，但其中講到句式對仗和平仄時間有新意，其嘗試引入黏對規律說明詞的平仄格律的

意圖，雖淺嘗而止，亦頗能啓發人。日本人青山宏著的《唐宋詞研究》第一章研究「花間集的詞」，其第六節「花間集詞的形式」運用比較方法，詳細研究了花間集各家的詞牌、押韻和格律狀況，其結論是某些詞牌格律已趨定格，某些則尙處於變動之中，研究方法頗具有示範意義。近年關於詞樂的研究甚爲熱烈，但一則均非涉及詞樂本身，二則於本文方向兩異，借鑒意義有限，故不備述。

　　小結：上述各家著作，以龍楡生、王力、啓功、洛地四家的研究在句式方面給本文以直接影響；其他諸詞家的研究則多在詞的句式聲情上給本文以幫助。

（四）詞前「二言」到「九言」演變規律研究

1、總體研究。關於「言」的聲情，陸時雍的提法、易聞曉、蔡宗齊的研究值得注意

　　陸時雍在《詩境總論》中提出不同句式的聲情特徵：「詩四言優而婉，五言直而倨，七言縱而暢，三言矯而掉，六言甘而媚。雜言芬葩，頓跌起伏。四言大雅之音也，其詩中之元氣乎？」易聞曉於 2007 發表《中國詩的韻律節奏與句式特徵》一文，發揚這一觀點，並運用韻律學來解釋其原因：「中國詩由於漢語單音獨字的使用形成一定的韻律節奏並構成各種穩定的句式。韻律節奏的本質在於人的聲氣吐納，這體現於字的單、雙組合，並決定了中國詩各種句式的成型、興衰及造語特點。由此可以說明**一言未足舒懷、二言殆可成語、三言尙且短促、四言優婉簡質、五言堅整簡練、六言軟媚平衍、七言縱暢有致**的句式特點。詩之造語必然因順不同的句式特徵，從而產生原則上的講求。」關於韻律學的著作很多。吳潔敏、朱宏達 2001 年的《漢語節律學》提出「語流停延」「生理停延」現象，來說明漢語的節律。馮勝利 1997 的《漢語的韻律、詞法與句法》提出：「『二分枝音步』的要求其實就是韻律節奏中『輕重抑揚』的反映。沒有『輕重』就沒有節奏，沒有節奏就無所謂韻律。音步所代表的正是語言節奏中最基

本的角色，他是最小的一個「輕重」片段，所以必須是一個「二分體」。」該書根據 MCCURTHY 和 PRINCE 的《PROSODIC MORPHOLOGY》提出「韻律構詞理論」、「標準音步」「超音步」「標準韻律詞」「超韻律詞」「二分枝原則」等理論來研究漢語詩歌的句式特點，結論與啓功的「竹竿律」近似；而與松浦友久認爲五七言詩句末存在著「休音」現象，證明五七言的優越性理論似乎不符。蔡宗齊著，李冠蘭譯的《節奏・句式・詩境——古典詩歌傳統的新解讀》一文，於 2009 年發表在《中山大學學報》第 2 期，該文採用全新的視角，「進行了三個方面的研究。一是參照傳統詩學對節奏的研究，較爲精確地描述各種詩體的節奏。二是借鑒語言學句法論，仔細分析不同詩體節奏所催生的種種獨特的句式，從而在時空、讀作者關係的深層上探究各種詩境的生成方式。三是用節奏和句式分析的結果來闡釋古人對各種詩體、詩境的直觀描述，以求從感性的「知其然」邁向理性的「知其所以然」。」是一篇關於詩歌句式與聲情關係的精密論文，極富有啓發意義。（其中關於「題評句」的提出也是饒有趣味。）

關於「言」的總體演進規律，陳本益《漢語詩歌句式的構成和演變的規律》，李祥文《中國古代詩歌的句式選擇》，趙敏俐《論中國詩歌發展道路從上古到中古的歷史變更——兼談漢詩創作新趨向和詩賦分途問題》，三篇論文的研究結果發人深省。

陳文研究「歌詩」「誦詩」方式對句式節奏的影響，提出：「古代《詩經》、楚辭、五七言詩、詞曲以及現代格律體新詩的主要句式的構成和演變有如下規律：**漢語詩歌是由歌詩向誦詩發展的，誦詩的節奏才是詩歌語言自身的節奏；這種節奏主要由句式體現；句式主要由雙音頓構成；句式以包含三頓數和四頓數爲適宜；句式適宜以音數較少的音頓結尾。**」並在文中指出：「早先的詞和曲都是歌詩……後來的詞和曲本身就脫離了音樂，完全成爲誦詩了」；「詞和曲的句式是對漢語以往各種句式的綜合運用……節奏單位基本上還是雙音頓，其次是單音頓，但同時已出現了三音頓乃至三音以上的多音頓」；「詞和曲

的形式，可以看作是古代詩歌的格律形式在更高階段上逐漸向自然形式的回歸，當然，這主要是就其句式多樣、有長短變化而言的」;「漢語新詩主要是誦詩，因此它的節奏是漢語自身的節奏，即頓歇節奏。由於現代漢語中多雙音詞，並有三音以上的詞，構成新詩句式的節奏單位除雙音頓外就還有三音頓和三音以上的多音頓。」其提法與洛地先生的「律詞」看法相似，無疑為本文的研究提供了依據。李文考察了中古韻文句式分途的現象，文中指出：「縱觀詩歌發展史，可以清晰地看見句式演變的兩條線索：一是由短句變為長句，二是由偶字句變為奇字句」;「漢魏以前，以《詩經》為代表的四言詩，幾乎成為詩歌的規範。受其影響，六朝時期駢體文以四六言句式為主而達到極盛，成為文章向詩歌吸取營養的典型範例。唐宋以來，五、七言古風、律絕又雄踞詩壇，歷久不衰，而四言詩則基本絕跡，四六言駢文句式也日漸式微。究竟為什麼古代詩人特別青睞四、六言和五、七言句式？又是什麼原因促使古典詩歌完成了由四、六言偶字句式向五、七言奇字句式的歷史性大跨越？五、七言為何能成為古代詩歌的最終選擇」;「早期詩歌以偶字句為主，是為了適應勞動的需要；奇字句取代偶字句，是古代詩歌自身發育完全成熟的標誌；以五七言句式為古詩的定格，這是前人為了便於記誦而作出的最佳選擇。」提出了句式演變的兩條途徑，兩個疑問，並作出了回答。該文提出的現象與王力先生在中華書局出版的《古代漢語‧詩律》中指出的現象（「《楚辭》以六字句為主要形式，兮字有聲無義，不算在六字之內」、「詩騷的偶字句發展為漢賦、六朝賦以及駢體文的句式」）十分相似，發人深省，其得出的結論則可以再商榷。趙敏俐《論中國詩歌發展道路從上古到中古的歷史變更——兼談漢詩創作新趨向和詩賦分途問題》一文則從漢代社會的雙重需要（娛樂與政治）討論「詩言情」與「賦言志」的區別，以此解釋漢代詩賦分途問題，其重要一點是再次闡發了「賦者，古詩之流也」，為我文研究「賦的句式」提供了理由。趙敏俐的另一篇文章《歌詩與誦詩：漢代詩歌的文體流變及功能分化》則細緻嚴格

地區分賦誦類和歌詩類漢詩，認爲前者包括：漢人模擬楚辭、漢人獨創騷體抒情賦、不入樂的四言詩、不入樂的騷體詩、不入樂的五言詩、不入樂的七言詩；後者包括：楚歌體、四言體、五言體、雜言體、無名樂府歌詩類，其最重要的一點是將騷體賦歸入漢詩範圍，擴大了漢詩的範圍，動搖了許多關於漢詩的傳統論斷，爲本文的研究擴大了範疇。

2、三言研究

三言研究以黃鳳顯、張應斌、葛曉音、周遠斌等人的研究最值得注意。

黃鳳顯 2003 年發表《屈辭「三字結構」與古代詩歌句式》一文，探討了屈原將「二字結構」改造爲「三字結構」對後代五言、七言、詞曲句式的深遠影響。（林庚曾指出「三字頓」的意義？）張應斌 1998 年發表《論三言詩》一文，整理了先秦的三言詩作，論述了漢代五類三言詩，探討了三言詩的古老性和奇音步特徵。葛曉音 2006 年發表《論漢魏三言詩的發展及其與七言的關係》，論述了漢魏三言詩的兩種類型（源於九歌三兮三句式的主讚頌勸誡的郊廟祭祀歌辭和源於自發的主諷刺的民間謠諺）、兩個缺點（短促少抒情變化，限於艱澀與直白之間）及一種成熟的搭配方式「三三七」式。周遠斌 2007 年發表《論三言詩》，綜合詳細論述了三言詩的起源、發展歷史、體式優劣和詩體學意義。從四人的論文中可以看到「三言」作爲詩歌句式幽微可辨的演進脈絡：古老的起源——屈原的改造——隱退郊廟與民間——「三三七」式成熟搭配。

3、四言研究

四言研究主要集中在《詩經》的研究中。除《詩經》的句式外，孫建軍 1996 年發表《漢語四言句式略論》，通論漢語四言的歷史功用：①早期詩歌的主流；②早期韻文的主流；③雅頌影響箴銘頌讚碑誄；④漢賦四言爲主；⑤駢文爲應用高潮；⑥散文中尚老莊荀最多，

先秦記言散文論語國語國策中也多用；⑦漢語成語最主要形式（增刪合併的方式）；⑧當代宣傳口號和固定短語。其論述視野開闊，線索分明，約略能見四言演進軌跡，可備參考。另外，關於四言成語的格律規律，我的老師趙仁珪先生曾在課上演示並作出論斷：中國常見成語 80%符合「律句」規律，具有啓發意義。

4、五言研究

五言研究是中國古代詩歌句式研究的核心。胡應麟《詩藪》指出：「四言簡質，句短而調未舒。七言浮靡，文繁而聲易雜。折繁簡之衷，居文質之要，蓋莫尚於五言。」五言研究又主要集中在五言詩研究上。當代人的研究眾多，吳小平、趙敏俐、吳大順、錢至熙、王今暉、曾肖、李荀華、王乃元、孟憲章的成果把五言研究推向了深處，對本文較有意義。

吳小平 1998 年發表專著《中古五言詩研究》，其中論述了五言15 種句式與四言 7 種句式。

趙敏俐 1996 年發表《四言詩與五言詩的句法結構和語言功能研究》，該文比較了五言的主謂結構與四言的幾點不同：句子多一成分，一句頂倆；簡單謂語減少，連動式、兼語式、雙賓語式大爲增加，由此得出結論：五言句式相較四言，一表意複雜化；二凝練化虛詞減少；三由煉動詞走向複雜的描摹。該文爲五言的聲情研究奠定了可靠基礎。

王今暉 2003 年發表《從幾種詩體之比較看五言體崛起的必然性——以先秦至兩漢時期漢語詞彙的發展爲中心》，從雙音詞彙統計角度解釋五言的優越性，主要運用的證據有：雙音詞彙統計對比、五言15 種句式與四言 7 種句式（吳小平統計）與兩漢楚歌 15 種句式中常見的 6 種句式（作者統計）的對比，其中特別重要的一點是指出了楚辭五言「三二式」與漢五言「二三式」的區別在於楚辭句式多以單音節開頭。文中列出的兩漢楚歌 15 種句式中常見的 6 種句式爲：（以逯欽立《先秦漢魏晉南北朝詩》爲依據，除「琴曲歌詞」因時代難考，

其中的楚歌暫不計算在內以外，其他存詩在兩句以上的作品，全部包括在內。第二三種爲《九歌》常見。）○○兮○○（21 句）、○○○兮○○（45 句）、○○○兮○○○（156 句）、○○○○兮○○○（27）、○○○○兮○○○○（21 句）、○○○○○○○兮（28 句），其數據可資借鑒。

　　吳大順 2005 年發表《論漢魏五言古詩的生成與流傳》，該文從 30 首漢魏五言古詩的歷代收錄命名矛盾討論了五言古詩的生成途徑、時間和徒詩化進程或者說詩樂分離過程，指出「徒詩化過程從曹魏開始，經南朝宋齊梁時期基本完成……北方的徒詩化進程似乎晚得多……可能到隋統一南北， 北方的徒詩化進程才眞正完成。」錢至熙 2009 年發表《論魏晉南北朝樂府體五言的文體演變——兼論其與徒詩五言體之間文體上的分合關係》，該文針對沈德潛《古詩源·例言》所載：「風騷既息，漢人代興，五言爲標準矣。就五言中，較然兩體：蘇李贈答，無名氏十九首，古詩體也；《廬江小吏妻》、《羽林郎》、《陌上桑》之類，樂府體也。昭明獨尙雅音，略於樂府，然措辭敘事，樂府爲長」，以及蕭統《文選》於漢樂府古辭，僅錄四首，鍾嶸《詩品》不涉及漢樂府的歷史現象，討論了樂府五言與徒詩五言兩種文體的歷史分合關係（建安、西晉、東晉、劉宋、齊梁）。該文似乎沒有分辨樂府五言、徒詩五言與文人五言的差異，但仍然爲五言的格律化進程提供了佐證。

　　曾肖 2005 年《南朝五言八句詩的組詩形態與題材類型》一文，探討了南朝五言八句詩的組詩形態與題材類型。李荀華 2005 年《試論五言古詩對仗的律化》一文，「從語辭由寬對到工對、平仄由無序到有序、位置由不定到固定三個方面論述了五言律詩對仗的發展成熟。」李荀華 2007 年《五言平仄頓式對式和黏式的律定》一文，探討了「頓時律」、「對式律」、「黏式律」的形成歷史，提出「頓式律」概念，與啓功「竹竿律」異曲同工。其中一些文獻探源資料可用。巫稱喜 2001 年《試論五言近體詩組合與選擇原則》一文，雖有循環論

證之嫌，但「句——聯——絕——律」的串聯構想值得肯定。清人趙執信作《聲調譜》提出「三平調」、「三仄調」是典型古體詩的平仄格式。王乃元、孟憲章合作發表《五言今體詩平仄句式初探》指出：「五言今體詩包括兩聯四句的五言絕句、三聯六句的五言小律、四言八句的五言律詩、少則五聯十句、多則百聯二百句的五言排律這四種。如果對姚鼐的《今體詩抄》進行舉證分析，便不難發現：其平仄句式凡23 個，可分甲、乙、丙、丁四個系列，每個系列都包含基本平仄句式及其變格平仄句式兩類，基本平仄句式每個系列都只有一個，變格平仄句式每個系列都有若干個，數量並不完全相等。不論是平韻詩，還是仄韻詩，只要是五言今體詩篇，其各個詩句的平仄配搭就要符合以上 23 個平仄句式中某幾個平仄句式，不能有另外的平仄句式；若有，那就一定不是五言今體詩篇。當然，在各個詩句平仄配搭完全符合 23 個平仄句式中某幾個平仄句式的前提下，詩句在配搭成篇時，其平仄還必須合乎「對」和「黏」的規則，在押韻和對仗上，也要符合格律標準，否則也一定不是五言今體詩。」該文詳細分析了四類五言今體詩（絕句、律詩、六句詩、十句詩）的格律情況，考察範圍大，可以參考。

5、六言研究

六言研究較少，集中在六言詩的研究中，以金波在趙仁珪老師指導下於 2007 年完成的博士論文《唐宋六言詩研究》最值得注意。

該文全面探討了六言詩的起源、格律特點以及與詞的相互影響關係。其主要工作包括：1、六言詩探源——以中國古典詩歌的兩大源頭《詩》《騷》為出發點，剖析二者與六言詩起源之間的關係，指出六言詩的發展經歷了從《詩經》到樂府民歌再到文人詩這樣一個過程，其間雖受到楚辭體的影響，但楚辭對其形成與發展並不起決定作用；2、六言詩的格律研究——借助王力、啓功對詩歌格律的論述，結合六言詩自身的特點，總結出 7 種六言律詩格式與 9 種絕句格式，指出六言詩不完善的格律化造成了其格律格式的多樣性，並對六言詩

獨特的拗救現象與對仗特點作了分析研究，另外，還從對仗方面對六言古體詩進行分析，指出六言古體詩的對仗具有範圍廣、方式多的特點；3、六言詩與詞的關係探究——從詩題與句式兩方面分析了六言詩與詞的關係，認爲六言拗句在詩、詞格律中被廣泛採用是二者相互影響，共同作用下產生的特殊現象。該論文的格律研究從內容到方法上都對本文具有啓發意義。

6、七言研究

七言研究主要集中在對七言詩的探討中。李立信、趙敏俐、葛曉音、戴建業等人的研究較爲深入。

李立信 2001 年發表專著《七言詩之起源與發展》，其中對句式探討的部份可資借鑒。

趙敏俐 2008 年發表《七言詩並非源於楚辭體之辨說——從《相和歌·今有人》與《九歌·山鬼》的比較說起》一文，詳細比較了楚辭二分句式和去兮後的句式的不同節奏，否定楚辭與七言詩的文體淵源，研究方法足可借鑒。該文指出：「七言詩源於楚辭體，是現代學術界大多數人的看法，其中一個重要材料就是沈約《宋書·樂志》中錄有《今有人》一詩，是由《九歌·山鬼》改寫而成。但是，兩首詩之間的改寫關係不能看成是兩種文體的演化。從本質上講，楚辭體與七言詩是兩種不同的詩體，後者不可能是從前者演變而成。楚辭體在漢代沿著兩條路線發展，一種是以楚歌的形式和騷體賦的形式繼續存在，一種是變爲散體賦中的六言句式，而七言詩的產生自有其獨立的過程。」葛曉音 2007 年發表《早期七言的體式特徵和生成原理——兼論漢魏七言詩發展滯後的原因》，從四言三言節奏的獨立考察了楚辭與民謠對四三節奏運用的三種結果：《成相篇》的三三七節奏、柏梁體和實用韻文的句句押韻、《燕歌行》的隔句押韻。其中關於三言節奏的提法非常重要，該文指出：「標準的四三節奏七言句究竟是怎樣產生的呢？我認爲關鍵在於戰國後期四言句和三言句節奏和語法意義的獨立」；「戰國末年三言興起的情況不甚明瞭，只能知道西漢初

期三言已廣為流行於民間謠諺之中，同時從楚辭三兮三節奏中發展出來的三言也已應用於樂府。因此三言的獨立成句對於七言句的形成也是至關重要的」；「漢魏七言只是七言詩發展的前期階段。七言節奏的形成以四言詞組和三言詞組的相對獨立和組合為前提，戰國後期的楚辭和民間謠諺的節奏隨著語言的進化而同步發展，提供了形成七言節奏的條件。但是早期七言篇章由單行散句構成、意脈不能連屬的體式特性，使七言只能長期適用於需要羅列名物和堆砌字詞的應用韻文，而不適宜需要意脈連貫、節奏流暢的敘述和抒情。而中國的韻文體式倘若不便於抒情，是不可能得到發展的。晉人傅玄稱七言「體小而俗」，所謂體小，非指篇製的長短，而在於七言到魏晉時在敘述和抒情方面仍然應用不廣，少見佳作，更談不上滿足「詩言志」的要求。所謂「俗」，指七言在漢魏更多地應用於各種非詩的押韻文，適宜於俳諧、祝頌、字書、鏡銘、謠諺等俗文字的需求。漢魏少數七言作品在突破七言自身局限方面所作的嘗試，為七言體朝敘述和抒情的方向發展提供了一些初步的經驗，但是與五言的豐富還遠不能相比。因此，七言抒情詩體制的最後完成和普及還有待於南朝文人的努力。」

　　葛曉音 2008 年發表《中古七言體式的轉型——兼論「雜古」歸入「七古」類的原因》，指出「文學史研究者一般都視句句韻變隔句韻為中古七言體式轉型的標誌，本文進一步探討了七古在雜言詩催化之下由句句韻變為隔句韻的背景和原因。指出鮑照對七古轉型的主要貢獻在於突破早期七言單句成行的固有觀念，解決了雙句成行的結構和詩節的連綴問題，奠定了五七言和七言長篇歌行的基礎。同時通過分析宋齊以後雜言的主流五七言和七言在發展中的相互影響，及其在節奏結構和表現感覺上的同異，說明了「雜古」歸入七古的時間及其原因。」該文提出了一些重要觀點：「魏晉以來，七言的連押轉韻促使雙句成行的意識逐漸從模糊趨於清晰，雜言中賦體句和五言句和七言六言的組合又對四句一節的詩節結構產生了直接影響，從而產生了極少數的一二四押韻的七言句段，這些變化雖然不一定自覺，尤其包

含七言的雜言句式的組合還比較無序，但提供了七言轉型的前提條件。從鮑照的七言詩可以看出，他正是沿著這種變化的路向自覺地進行變革的」；「在五七言雜言中，往往出現七言部份轉韻時首句入韻，而五言轉韻首句卻極少入韻的情況」；「鮑照之後，以七言爲主導的雜言古詩雖然還有三五七言和三三七體等其他形式，但是五七言雜古成爲雜言古詩的主流，和七古的親緣關係在齊梁陳隋詩裏也最爲突出。因此傳統詩學裏所謂的雜古實際上主要指以七言爲主導的雜言，尤其是齊梁以後蔚爲大觀的五七言雜古。這就是「雜古」歸入「七古」之一類的基本原因。但這種歸類是劉宋以後七言古詩轉型的結果，並不適合晉宋以前的七言舊體以及雜言體。因此「雜古」歸入「七古」應以鮑照的《擬行路難》組詩爲時代分界。」

戴建業 2008 年發表《論元嘉七言古詩詩體的成熟──兼論七古藝術形式的演進》，認同劉熙載在《藝概‧詩概》中說：「七古可命爲古近二體：近體曰駢、曰諧、曰麗、曰綿，古體曰單、曰拗、曰瘦、曰勁。一尙風容，一尙筋骨。此齊梁、漢魏之分，即初、盛之所以別也。」提出：「本文不同意學界將七古藝術形式的成熟期定在南朝梁代或初唐的論斷，認爲七言古詩成熟於劉宋元嘉時期。首先，元嘉七古打破了柏梁體整飭的齊言句式和句句押韻且只押平聲韻的格局，創造了一種聲調和句式都較爲靈活自如的新型七言詩體，七古的韻式和句式在元嘉已經基本定型；其次，元嘉七古極大地豐富了七言古詩的表現手法，擴展了這種詩體的藝術潛力，開拓了這一詩體的表現題材，形成了最適合於這一詩體的文體風格。因而元嘉七言古詩不僅在藝術形式上已臻於成熟，並爲後來七古的繁榮與藝術形式的演進奠定了基礎。」

7、雜言研究

雜言研究深具意義，但研究者不多，松浦友久和葛曉音的研究值得重視。

日本松浦友久著《中國詩歌原理》，中有「雜言古體詩」一章。

　　葛曉音2008年發表《先唐雜言詩的節奏特徵和發展趨向──兼論六言和雜言的關係》，分析了松浦先生所說的兩種雜古的節奏特徵，探討了第二種自由體雜言在晉宋以後基本消亡、而第一種以七言爲主導節奏的雜言古詩如四七、三七、三五七等形式在魏晉以後發展起來的原因。該文「探討了雜言詩的形成原因、與樂府的關係，以及唐以前兩大類雜言詩的節奏特徵，認爲無主導節奏的雜言到晉宋之後基本消失，與六言的介入有關，但六言詩也正出自這類雜言。同時分析了分別以三言四言五言七言爲主導節奏的各類雜言的發展趨勢，指出其最後走向以七言爲主導的原因，並論述了不同類型雜言詩的表現感覺和藝術極則。」該文提出了關於雜言的一些重要命題：「儘管雜言形式多樣，沒有齊言詩在字數、句數、格律等方面的定則，但也有相對獨立的節奏特徵以及表現感覺，而且被李白杜甫這兩位大詩人發展到巔峰」；「兩漢時期是五言體和七言體逐漸成型的時代，三言詩也在這時興起，四言詩繼續延續。因而有主導節奏的雜言主要由三、四、五、七這四種句型組成。較常見的組合有三三七、五七、三四七、三四或三五這幾種。前三種都是以七言節奏爲主導的」；「在無主導節奏的雜言詩中，四言和六言與三言、五言、七言的雜糅，尤其是六言的加入往往不容易找到節奏感和表現感覺，直到詞的出現，這個問題才解決。其原因應該與雜言詩與詞的表現感覺不同有關。雜言詩無論如何複雜，只要是採用誦讀節奏，首先要求的是節奏的流暢和句意的連貫。六言雖有三種節奏，但以二二二爲主，三個雙音節詞的組合使之無法用單音節虛字、副詞、介詞等調節節奏，只適合排比、羅列。與七言相比，七言是一個四言和一個三言的短句構成的，六言則好像是一句半，因而在句意的表達上帶有一種截斷性，需要其他句式的呼應來足成其意，或者也可以說對其他句式具有一種依附性和期待感，如果全篇六言，就自有一種含蓄的感覺，尤其八句之內的短篇，能留有韻味，王維的《田園樂》七首六言，就充分利用了六言詩的這種表現感覺。但在雜言詩中，與六言相配合的句子往往缺乏這種滿足六言期

待的自覺。而詞對誦讀節奏的要求讓位於對詞的韻味的要求，這種韻味除了與詞意配合非常密切的句讀節奏感以外，還與詞的句意的跳躍性所帶來的暗示性有關，因而六言句的這種截斷性特別適合詞的表現，卻不容易在雜言詩中找到諧調感。此外，先唐雜言詩裏的六言的詩行構成方式不穩定，既可單句，也可雙句；加上人們對六言的認識始終沒有放棄三三節奏和賦體的三 X 二節奏，這就使六言的詩行組合更加不穩定。也正因如此，無主導節奏的雜言在晉宋之後基本上從主流詩壇消失，雜言詩的發展趨向必然是以七言與三言、五言的組合爲主，這就是「雜古」最終發展成七古附庸的原因。」該文的延伸對長短句研究極有價值。

二、《全宋詞排名表》

排序	詞牌名	存詞數量	別名及存詞附注
1.	浣溪沙	820	慶雙椿 1、醉中眞 1、頻載酒 1、浣沙溪 11、減字浣溪沙 15、楊柳陌 1、掩蕭齋 1、換追風 1、最多宜 1、錦纏頭 1
2.	水調歌頭	748	凱歌 1、臺城遊 1
3.	鷓鴣天	674	醉梅花 1、千葉蓮 1、避少年 2、剪朝霞 1、第一花 1、半死桐 2
4.	念奴嬌	617	慶長春 1、百字謠 12、百字歌 5、百字令 14、酹江月 100、雙翠羽 1、淮甸春 1、湘月 4、大江詞 1、大江西上曲 1、乘 1、大江東去 2、太平歡 1、壺中樂 31、壺中天慢 2、赤壁詞 1
5.	菩薩蠻	614	重疊令 6、城裏鐘 1、菩薩蠻令 2 ；（P3442 頁 2 首全缺不入統計）
6.	滿江紅	550	平韻滿江紅 2、傷春曲 1、念良遊 1
7.	蝶戀花	501	望長安 1、一籮金 2、西笑吟 1、魚水同歡 1、江如鍊 1、桃源行 1、花舞（半首蝶戀花）11、黃金縷 1、鵲踏枝 9、轉調蝶戀花 2、卷珠簾 3、鳳棲梧（亦作樓）49

8.	臨江仙	494	瑞鶴仙 2、鴛鴦夢 1、雁後歸 3（含採蓮回、想娉婷各一首）
9.	西江月	491	步虛詞 1
10.	賀新郎	439	乳燕飛 15、貂裘換酒 1、賀新涼 26、金縷衣 1、金縷詞 2、金縷歌、金縷曲 31
11.	沁園春	438	洞庭春色 9、壽星明 3、念離群 1
12.	減字木蘭花	438	天下樂令 1、減蘭 11、木蘭香 1、木蘭花減字 5
13.	點絳唇	393	沙頭雨 1、南浦月 1
14.	清平樂	366	破子清平樂 1、清平樂令 1、憶羅月 1
15.	玉樓春	351	西湖曲 1、木蘭花 98、木蘭花令 25、續漁歌 1、歸風便 1、夢相親 1、東鄰妙 1、呈纖手 1
16.	滿庭芳	350	滿庭霜 10、滿庭芳慢 1、瀟湘夜雨 5、瀟湘雨 1、轉調滿庭芳 2
17.	水龍吟	315	龍吟曲 4、鼓笛慢 9、莊椿歲 1、小樓連苑 1
18.	虞美人	307	虞美人令 2
19.	好事近	302	倚秋韆 1、釣船笛 1
20.	漁家傲	266	吳門柳 2、荊溪詠 1
21.	南香子	265	
22.	南歌子	261	望秦川 3、醉厭厭 1、宴齊雲 1、南柯子 52、鳳蝶令 1
23.	朝中措	259	
24.	卜算子	243	卜算子令 1、眉峰碧 1、
25.	謁金門	236	垂楊柳 1、出塞 2、花自落 1
26.	踏莎行	229	度新聲 1、平陽興 1、江南曲 1、瀟瀟雨 1、芳洲泊 1、芳心苦 1、柳長春 1、轉調踏莎行 2、思牛女 1、暈眉山 1、題醉袖 1、陽羨歌 1、惜餘春 1
27.	江城子	193	江神子 75
28.	驀山溪	191	
29.	望江南	189	安陽好 11、夢江南 2、憶江南 1、望江東 1
30.	柳梢青	188	
31.	鵲橋仙	185	廣寒秋 1、蕙香囊 1、鵲橋仙令 1、憶人人 2

32.	如夢令	184	不見2、比梅1、古記3、如意令2、憶仙姿15
33.	生查子	183	綠羅裙1、愁風月1、陌上郎1
34.	阮郎歸	179	醉桃園37、碧桃春1、月宮春、月中行1
35.	採桑子	178	醉夢迷1、丑奴兒56、忍淚吟1、拌登臨1、苗二秀1、羅敷歌6、羅敷媚2
36.	浪淘沙	177	
37.	洞仙歌	164	洞仙歌令3
38.	訴衷情	161	訴衷情令2、試周郎2、步花間1、偶相逢1、畫樓空1、訴衷情近2
39.	木蘭花慢	153	
40.	醉落魄	143	章臺月1、一斛珠9、醉落托1、怨春風2
41.	青玉案	142	橫塘路1
42.	摸魚兒	140	山鬼謠1、安慶摸1、摸魚子9、買陂塘5
43.	憶秦娥	138	碧雲深1、子夜歌1、雙荷葉1、秦樓月40
44.	八聲甘州	126	瀟瀟雨1、甘州17
45.	瑞鶴仙	121	
46.	齊天樂	119	濟天樂1、臺城路18、如此江山1
47.	長相思	118	山漸青1、吳山青2、越山青1、長相思令7
48.	小重山	117	群玉軒1、璧月堂1、小重山令2、小衝山2
49.	感皇恩	111	泛情苕1、人南渡1
50.	醉蓬萊	107	雪夜交光1
51.	喜遷鶯	101	喜遷鶯4
52.	霜天曉角	99	霜天曉月1、月當窗1
53.	導引	99	
54.	眼兒媚	94	秋波媚3、小闌干1
55.	聲聲慢	87	寒松歎1、鳳求凰1、勝勝慢14
56.	定風波	86	醉瓊枝1、卷春空1
57.	祝英臺靜	85	祝英臺12、月底修簫譜1
58.	少年遊	83	
59.	永遇樂	78	消息1
60.	漢宮春	78	漢宮春慢1

61.	千秋歲	76	
62.	一翦梅	68	
63.	風入松	65	
64.	瑞鷓鴣	64	鷓鴣詞 1、吹柳絮 1、舞春風 1
65.	行香子	63	
66.	更漏子	62	付金釵 1、翻翠袖 1、獨倚樓 1
67.	漁父詞	60	
68.	烏夜啼	56	聖無憂 3
69.	桃源憶故人	56	醉桃園 1、虞美人影 1、轉聲虞美人 1
70.	憶王孫	54	豆葉黃 13、怨王孫 6、獨腳令 2（又名玉交枝，P998 存目詞兩首）、畫娥眉 1、闌干萬里心 1、憶君王 1
71.	糖多令（也作唐）	50	南樓令 13
72.	風流子（又調內家嬌，故單獨立目）	48	
73.	燭影搖紅	48	憶故人 1
74.	一落索	47	一絡索 2、窗下繡 1、洛陽春 4
75.	五陵春	47	花想容 1
76.	夜行船	46	夜厭厭 1、明月棹孤舟 2
77.	最高樓	45	醉高樓 1
78.	杏花天	43	
79.	望海潮	39	
80.	十二時	36	憶少年 7
81.	畫堂春	36	
82.	戀繡衾	34	
83.	多麗	34	綠頭鴨 12、鴨頭綠 1、隴頭泉 1
84.	御街行	34	孤雁兒 3、御階行 1
85.	花心動	34	花心動慢 1、桂飄香 1
86.	醉花陰	33	

87.	過秦樓	33	選官子 1、選冠子 11、蘇武慢 5、惜餘春慢 4
88.	蘭陵王	33	
89.	思佳客（按：有兩調，一即歸字謠，一即鷓鴣天）	33	
90.	昭君怨	33	洛妃怨 1
91.	惜分飛	33	惜雙雙 7、惜雙雙令 1、惜芳菲 1
92.	解連環	32	望梅 3、杏梁燕 1、
93.	搗練子	32	夜如年 1、夜搗衣 1、望書歸 1、古搗練子 1、杵聲齊 1、剪征袍 1
94.	品令	32	
95.	雨中花	31	
96.	漁父	30	誰學得 1、君不悟 1、君看取 1、漁歌子 10、漁父樂 1、堪畫看 1、無一事 1
97.	攤破浣溪沙	30	山花子 4、負心期 1、添字浣溪沙 9
98.	夜遊宮	29	新念別 1、念彩雲 1
99.	天仙子	29	
100.	玉蝴蝶	28	
101.	滿路花	28	一枝花 1、促拍滿路花 11、歸去難 1、滿園花 1
102.	蘇幕遮	28	
103.	桂枝香	28	疏簾淡月 1
104.	春光好	28	倚闌令 1、愁倚闌（欄）9、愁倚闌令 4
105.	惜奴嬌	28	
106.	燕歸梁	27	
107.	高陽臺	26	
108.	應天長	26	應天長令 1
109.	六州	26	
110.	六州歌頭	26	
111.	萬年歡	26	斷湘弦 1
112.	憶舊遊	26	憶舊遊慢 2

113.	二郎神	25	十二郎 1、轉調二郎神 7
114.	水調歌	24	
115.	殢人嬌	24	
116.	調笑	23	破子 2
117.	調笑令	23	
118.	晏清都	23	四代好 1
119.	探春令	23	
120.	酒泉子	22	
121.	一叢花	21	
122.	疏影	21	疏影 2、解佩環 1、綠意 1
123.	天香	21	伴雲來 1、樓下柳 1
124.	迎春樂	21	辨玄聲 1、攀鞍態 1、闢寒金 1、舞迎春 1、
125.	想見歡	21	西樓子 2、上西樓 1、月上瓜州 1、憶眞妃 1
126.	掃花遊	21	
127.	鎖窗寒（又名瑣窗寒、瑣寒窗）	21	
128.	破陣子	20	十拍子 3
129.	步蟾宮	20	
130.	眞珠簾	20	珍珠簾 4
131.	絳都春	20	
132.	寶鼎現	20	三段子 1
133.	九張機	20	
134.	太常引	20	
135.	江城梅花引	19	西湖明月引 2、江梅引 5、攤破江城子 1、明月引 3
136.	六么令	19	宛溪柳 1
137.	秋蕊香	19	
138.	宴桃源	19	
139.	河傳	19	慶同天 1、月照梨花 3
140.	法曲獻仙音	19	獻仙音 1、越女鏡心 1

141.	慶清朝	18	慶清朝慢 2
142.	玉漏遲	18	
143.	婆羅門	18	婆羅門引 17
144.	清商怨	18	望西飛 1、爾汝歌 1、要銷凝 1、傷情怨 4、東陽歎 1、關河令 3
145.	八寶妝（亦作裝）	18	新雁八寶妝 4、百寶妝（亦作裝）2、瑤臺聚八仙 7、八犯玉嬌枝 1
146.	新荷葉	17	
147.	一萼紅	17	
148.	渡江雲	17	三犯渡江雲 2、渡江雲三犯 1
149.	法駕導引	17	
150.	賀聖朝	17	轉調賀聖朝 1
151.	哨遍	17	北山移文哨遍 1、松江哨遍 1
152.	金人捧露盤	17	天寧樂 1、上平西 2、上西平 5、凌歊 1
153.	慶春宮	16	慶宮春 6
154.	歸朝歡	16	
155.	滴滴金	16	縷縷金 2
156.	西河	15	
157.	玲瓏四犯	15	
158.	傾杯	15	傾杯樂 5、古傾杯 1
159.	大酺	15	
160.	楊柳枝	15	柳枝 2
161.	東風第一枝	15	
162.	鳳凰臺上憶吹簫	15	鳳凰臺憶吹簫 1、憶吹簫 1
163.	雨中花慢	14	
164.	綺羅香	14	
165.	倦尋芳	14	倦尋芳慢 1
166.	七娘子	14	鴛鴦語 1
167.	梅花引	14	行路難 1、將進酒 1、小梅花 1
168.	鶯啼序	14	

169.	意難忘	13	
170.	雨中花令	13	問歌顰 1
171.	於飛樂	13	
172.	醉太平	13	醉思凡 1、四字令 5
173.	解語花	13	
174.	荔枝香	13	荔枝香近 8 （枝亦作支）
175.	菊花新	13	
176.	好女兒	13	綺宴張 1、繡帶子 1、繡帶兒 1、九迴腸 1、好女兒令 1、畫眉郎 1、國門東 1、月先圓 1
177.	暗香	13	紅情 1
178.	調笑轉踏	12	
179.	三姝媚	12	
180.	兩同心	12	
181.	琴調相思引	12	
182.	傳言玉女	12	
183.	塞翁吟	12	
184.	河滿子（河亦作何）	12	
185.	漁家傲引	12	
186.	極相思	12	極相思令 2
187.	花犯	12	繡鸞鳳花犯 1
188.	隔浦蓮	12	
189.	尾犯	12	碧芙蓉 1
190.	留春令	12	
191.	人月圓	12	
192.	夏雲峰	11	昆明池 1、金明池 2、金明春 1
193.	霜葉飛	11	鬥嬋娟 1
194.	瑞龍吟	11	
195.	垂絲釣	11	
196.	番禺調笑	11	
197.	秋夜雨	11	

198.	法曲	11	
199.	東坡引	11	
200.	採蓮	11	採蓮令 3
201.	早梅芳	11	早梅芳近 4
202.	錦堂春（又名相見歡）	11	
203.	夜合花	10	
204.	霓裳中序第一	10	
205.	石州慢	10	石州引 4
206.	解佩令	10	
207.	秋霽	10	春霽 1
208.	安公子	10	
209.	瀟湘神	10	
210.	漁歌	10	
211.	薄媚	10	
212.	剔銀燈	10	
213.	野庵曲	10	
214.	夜飛鵲	9	夜飛鵲慢 1
215.	三登樂	9	
216.	玉燭新	9	
217.	紅林擒近	9	
218.	解蹀躞	9	玉蹀躞 2
219.	徵招	9	
220.	浪淘沙令	9	過龍門 3
221.	太平時	9	愛孤雲 1、豔聲歌 1、花幕暗 1、夢江南 1、替人愁 1、晚雲高 1、喚春愁 1、釣船歸 1
222.	南浦	9	
223.	華胥引	9	
224.	畫錦堂	9	
225.	撲蝴蝶	9	撲蝴蝶近 2
226.	探芳信	9	

227.	八六子	9	
228.	釵頭鳳	9	玉瓏璁 1、擷芳詞 2、折紅英 1、惜分釵 2
229.	六醜	8	個儂 1
230.	謝池春	8	風中柳 1、風中柳令 1、謝池春慢 1
231.	望遠行	8	
232.	調笑集句	8	
233.	一寸金	8	
234.	玉連環	8	玉聯環 3
235.	看花回	8	
236.	側犯	8	
237.	歸去來兮引	8	
238.	魚遊春水	8	
239.	宴山亭（「宴」亦作「燕」）	8	
240.	漁父舞	8	
241.	賣花聲	8	
242.	夢玉人引	8	
243.	鶴衝天	8	
244.	青門引	8	青門飲 1
245.	探春慢	8	
246.	氐州第一	8	
247.	尉遲杯	8	東吳樂 1
248.	金蕉葉	8	
249.	金盞子（盞亦作琖）	8	
250.	粉蝶兒	8	
251.	慶春澤	7	
252.	端正好	7	於中好 3
253.	三部樂	7	
254.	巫山一段雲	7	
255.	雨霖鈴	7	雨淋鈴 1

256.	西平樂	7	西平樂慢 2
257.	碧牡丹	7	
258.	醜奴兒慢	7	荣桑子慢 1、疊青錢 1
259.	瑤臺第一層	7	
260.	千秋歲引	7	千秋歲令 1、千秋萬歲 1
261.	上林春	7	上林春令 2
262.	步虛詞	7	
263.	綺僚怨	7	
264.	歸田樂	7	歸田樂引 2
265.	梁州令	7	涼州令 1、梁州令疊韻 1
266.	海棠春	7	
267.	十樣花	7	
268.	大聖樂	7	
269.	太清舞	7	
270.	女冠子	7	
271.	芰荷香	7	
272.	奉禮歌	7	
273.	折丹桂	7	另一調爲「步蟾宮」
274.	揚州慢	7	
275.	長亭怨	7	長亭怨慢 2
276.	鳳銜杯	7	
277.	月上海棠	7	
278.	憶瑤姬	7	別瑤姬慢 1、別素質 1
279.	亭前柳	6	庭前柳 2
280.	度清宵	6	
281.	望仙門	6	
282.	玉團兒	6	大聖樂令 1
283.	西地錦	6	
284.	醉春風	6	
285.	孤鸞	6	

286.	雙調望江南	6	
287.	拜星月	6	拜星月 4
288.	室垣春	6	
289.	宴瑤池	6	瑤池宴令 1、瑤池燕 1、秋風歎 1、越江吟 1
290.	還京樂	6	
291.	沙塞子	6	
292.	十月桃	6	十月梅 1
293.	薄倖	6	
294.	芳草	6	
295.	蒼梧謠	6	歸字謠 2
296.	桂殿秋	6	
297.	戚氏	6	夢遊仙 4
298.	思越人（按：有三調，思越人、朝天子、鷓鴣天）	6	半死桐 1
299.	踏青遊	6	
300.	鬥百花	6	
301.	鳳凰閣	6	數花風 1
302.	月下笛	6	
303.	惜秋華	6	
304.	惜黃花	6	
305.	離亭宴	5	離亭燕 2
306.	望漢月	5	憶漢月 2
307.	玉交枝	5	
308.	丁香結	5	
309.	醉思仙	5	
310.	醉翁操	5	
311.	瑤臺月	5	瑤池月 2
312.	雙雁兒	5	
313.	紅窗迥	5	

314.	倒犯	5	
315.	後庭花	5	玉樹後庭花 2
316.	侍香金童	5	
317.	繞佛閣（「繞」亦作「遶」）	5	
318.	歸國謠	5	歸平謠 1、思佳客令 1
319.	宴春臺	5	
320.	定風波令	5	
321.	連理枝	5	紅娘子 1
322.	喜朝天	5	
323.	鼓笛令	5	
324.	黃鶯兒	5	
325.	相思引	5	鏡中人 1
326.	相思令	5	相思兒令 3
327.	晝夜樂	5	
328.	折紅梅	5	
329.	鳳簫吟	5	芳草 1
330.	丹鳳吟	5	
331.	金菊對芙蓉	5	
332.	金盞倒垂蓮（盞亦作琖）	5	
333.	缺調名（P2312 疑爲瀟湘神一類）	5	
334.	小秦王	5	陽關曲 3
335.	憶帝京	5	
336.	一枝春	4	
337.	玉女搖仙佩	4	
338.	綠華	4	
339.	下水船	4	
340.	夏初臨	4	

341.	戞金釵	4	握金釵 2
342.	聒龍謠	4	
343.	引駕行	4	
344.	瑤華	4	瑤花 1、瑤花慢 2
345.	雙頭蓮	4	
346.	促拍醜奴兒	4	
347.	偷聲木蘭花	4	
348.	宜男草	4	
349.	宴瓊林	4	
350.	江南好	4	
351.	淒涼犯	4	
352.	漁家傲引·破子	4	
353.	迷神引	4	
354.	內家嬌	4	
355.	甘草子	4	
356.	茶瓶兒	4	
357.	聲聲令	4	勝勝令 1
358.	柳初新	4	
359.	攤破醜奴兒	4	
360.	折花三臺	4	
361.	曲江秋	4	
362.	曲遊春	4	
363.	繫梧桐	4	
364.	繫裙腰（另調《芳草渡》）	4	
365.	國香	4	
366.	四園竹	4	
367.	四時樂	4	
368.	隔浦蓮近	4	
369.	隔浦蓮近拍	4	

370.	長壽樂	4	
371.	降仙臺	4	
372.	開元樂	4	
373.	無悶	4	
374.	合宮歌	4	
375.	錦園春	4	轆轤金井1、四犯剪梅花1、月城春1
376.	惜紅衣	4	
377.	惜黃花慢	4	
378.	慶金枝	3	慶金枝令1
379.	玉堂春	3	
380.	雪梅香	3	
381.	西施	3	
382.	醉垂鞭	3	
383.	飛雪滿群山	3	飛雪滿堆山1
384.	千年調	3	
385.	紅窗聽	3	
386.	紅窗怨	3	市橋柳1
387.	卜算子慢	3	
388.	白苧	3	
389.	吳音子	3	擁鼻吟1
390.	定西番	3	
391.	透碧宵	3	
392.	浪淘沙慢	3	
393.	遍地蘭（遍亦作徧）	3	
394.	滿朝歡	3	
395.	淡黃柳	3	
396.	赤棗子	3	
397.	喜團圓	3	與團圓1
398.	柘枝舞	3	

399.	城頭月	3	
400.	花發沁園春	3	
401.	蕙蘭芳引	3	
402.	甘露歌	3	
403.	桂華明	3	四合香 1、四犯令 1
404.	樓心月	3	
405.	胡搗練	3	
406.	梅花曲	3	
407.	攤破木蘭花	3	
408.	攤聲浣溪沙	3	
409.	春從天上來	3	
410.	臘梅香	3	
411.	拋球樂	3	莫思歸 1
412.	拂霓裳	3	
413.	踏歌	3	
414.	明月逐人來	3	
415.	駐馬聽	3	
416.	鳳歸雲	3	
417.	鳳來朝	3	
418.	月華清	3	
419.	鹽角兒	3	
420.	臨江仙引	3	
421.	八歸	3	
422.	金鳳鈎	3	
423.	合歡帶	3	
424.	鎮西	3	小鎮西 1、小鎮西犯 1
425.	錦帳春	3	
426.	笛家弄	3	
427.	小桃紅	3	
428.	夜半樂	2	

429.	慶千秋	2	
430.	慶佳節	2	
431.	慶春時	2	
432.	六橋行	2	
433.	望梅花	2	
434.	調嘯詞	2	
435.	一叢花令	2	
436.	一井金	2	
437.	三字令	2	
438.	三臺	2	三臺令 1
439.	三臺春曲	2	
440.	玉京秋	2	
441.	玉抱肚	2	
442.	五彩結同心	2	
443.	五福降中天	2	
444.	雪獅兒	2	
445.	鬲溪梅令	2	高溪梅令 1
446.	夏日宴黌堂	2	夏日燕黌堂 1
447.	平調發引	2	
448.	天門謠	2	
449.	石州詞	2	
450.	西子妝慢	2	
451.	西湖月	2	
452.	瑞鷓鴣慢	2	
453.	水仙子	2	
454.	破字令	2	
455.	破陣樂	2	
456.	尋梅	2	
457.	子夜歌	2	
458.	舜韶新	2	

459.	雙雙燕	2	
460.	步月	2	
461.	傾杯令	2	
462.	卓牌兒	2	
463.	睿恩新	2	
464.	紅羅襖	2	
465.	倒垂柳	2	
466.	山亭柳	2	
467.	佳人醉	2	
468.	白雪	2	
469.	歸去來	2	
470.	向湖邊	2	
471.	角招	2	
472.	怨三三	2	
473.	怨春郎	2	
474.	翻香令	2	
475.	祭天神	2	
476.	秋日田父詞	2	
477.	塞孤	2	
478.	安平樂	2	
479.	安平樂慢	2	
480.	江城子慢	2	江神子慢 1
481.	汪秀才	2	
482.	泛蘭州	2	
483.	遠朝歸	2	
484.	清波引	2	
485.	湘靈瑟	2	
486.	過澗歇近	2	
487.	海月謠	2	
488.	海棠春令	2	

489.	迷仙引	2	
490.	大有	2	
491.	古陽關	2	
492.	喜遷鶯慢	2	
493.	勸金船	2	
494.	蕙蘭芳	2	
495.	萬年歡慢	2	
496.	黃鸝繞碧樹	2	
497.	黃河清	2	
498.	杜韋娘	2	
499.	林鍾商小品	2	
500.	樓上曲	2	
501.	幔卷袖	2	
502.	如魚水	2	
503.	賀聖朝影	2	
504.	相思會	2	
505.	朝玉階	2	
506.	朝天子	2	
507.	望仙樓	2	
508.	梅子黃時雨	2	
509.	攤破訴衷情	2	
510.	攤破南香子	2	慶靈椿 1
511.	摘紅英	2	
512.	青房並蒂蓮	2	
513.	春曉曲	2	西樓月 1
514.	撥棹子	2	
515.	撼庭竹	2	
516.	感庭秋	2	撼庭秋 1
517.	掃地舞	2	掃市舞 1
518.	探芳訊	2	

519.	輪臺子	2	
520.	思歸樂	2	惜芳時 1
521.	思遠人	2	
522.	長生樂	2	
523.	長壽仙促拍	2	
524.	長相思慢	2	望揚州 1
525.	鬥百草	2	
526.	眉嫵	2	
527.	聞鵑啼（全宋詞 P1641 失題詞）	2	
528.	留客住	2	
529.	脫銀袍	2	
530.	八節長歡	2	
531.	錦纏道	2	
532.	錦園春犯	2	
533.	竹馬子	2	
534.	憶桃園	2	
535.	憶東坡	2	
536.	憶悶令	2	
537.	少年心	2	
538.	惜春令	2	
539.	情久長	2	
540.	恨春遲	2	
541.	帝臺春	1	
542.	高山流水	1	
543.	應景樂	1	
544.	慶壽宵	1	
545.	慶青春	1	
546.	唐河傳	1	
547.	離別難	1	

548.	謫仙怨	1	
549.	六花飛	1	
550.	龍山會	1	
551.	龍門令	1	
552.	新水令	1	
553.	誤桃園	1	
554.	韻令	1	
555.	望雲崖引	1	
556.	望江東	1	
557.	望湘人	1	
558.	望南雲慢	1	
559.	望梅詞	1	
560.	望春回	1	
561.	望明河	1	
562.	郭郎兒近拍	1	
563.	調笑歌	1	
564.	二色蓮	1	
565.	二色宮桃	1	
566.	玉京謠	1	
567.	玉山枕	1	
568.	玉女迎春慢	1	
569.	玉葉重黃	1	
570.	玉梅香慢	1	
571.	玉梅令	1	
572.	玉闌干	1	
573.	玉人歌	1	
574.	玉簞涼	1	
575.	王孫信	1	
576.	王子高六玬大曲	1	

577.	雪野漁舟	1	
578.	雪花飛	1	
579.	雪明鳹鵲夜	1	雪明鳹鵲夜慢 1
580.	於飛樂令	1	
581.	耍鼓令	1	
582.	天下樂	1	
583.	再團圓	1	
584.	石湖仙	1	
585.	西吳曲	1	
586.	西窗燭	1	
587.	西江月慢	1	
588.	百歲令	1	
589.	百宜嬌	1	
590.	百媚娘	1	
591.	醉亭樓	1	
592.	醉瑤池	1	
593.	醉紅妝	1	
594.	醉鄉曲	1	
595.	醉吟商小品	1	
596.	醉公子	1	
597.	雲仙引	1	
598.	雲鬢松令	1	
599.	霜花腴	1	
600.	頭盞曲	1	
601.	琴調相思令	1	
602.	琵琶仙	1	
603.	瑞庭花引	1	
604.	瑞雲濃	1	
605.	瑞雲濃慢	1	
606.	水龍吟令	1	

607.	水龍吟慢	1	
608.	水晶簾	1	
609.	飛龍宴	1	
610.	孤館深沉	1	
611.	武林春	1	
612.	酷相思	1	
613.	碧玉簫	1	
614.	孟家蟬	1	
615.	瑤階草	1	
616.	翠羽吟	1	
617.	翠樓吟	1	
618.	弔嚴陵	1	
619.	珍珠令	1	
620.	玲瓏玉	1	
621.	垂絲釣近	1	
622.	垂楊	1	
623.	愛月夜眠遲	1	
624.	愛月夜眠遲慢	1	
625.	千春詞	1	
626.	千金意	1	
627.	感恩深	1	
628.	雙韻子	1	
629.	雙頭蓮令	1	
630.	雙瑞蓮	1	
631.	雙鸂鶒	1	
632.	雙聲子	1	
633.	香山會	1	
634.	番槍子	1	
635.	采綠吟	1	
636.	集賢賓	1	

637.	維楊好	1	
638.	上林春慢	1	
639.	上樓春	1	
640.	步虛詞令	1	
641.	徵部樂	1	
642.	行香子慢	1	
643.	虞主歌	1	
644.	虞神	1	
645.	虞神歌	1	
646.	傾杯序	1	
647.	傾杯近	1	
648.	卓牌子近	1	
649.	卓牌子慢	1	
650.	占春芳	1	
651.	師師令	1	
652.	眞珠髻	1	
653.	紫玉簫	1	
654.	紫萸香慢	1	
655.	紅芍藥	1	
656.	紅樓慢	1	
657.	戀香衾	1	
658.	戀芳春慢	1	
659.	山亭宴	1	
660.	山亭宴慢	1	
661.	山莊勸酒	1	
662.	彩雲歸	1	
663.	彩鳳飛	1	
664.	彩鸞歸令	1	
665.	獻天壽令	1	
666.	獻天壽慢	1	

667.	獻仙桃	1	
668.	獻金杯	1	
669.	倚西樓	1	
670.	倚樓人	1	
671.	倚風嬌近	1	
672.	繞池遊慢	1	
673.	結帶巾	1	
674.	使牛子	1	
675.	傳花枝	1	
676.	繡停針	1	
677.	保壽樂	1	
678.	卓羅特髻	1	
679.	歸自謠	1	
680.	歸朝歌	1	
681.	歸田樂令	1	
682.	解仙佩	1	
683.	伊川令	1	
684.	伊州三臺	1	
685.	伊州三臺令	1	
686.	伊州	1	
687.	欸乃詞	1	
688.	綠蓋舞風輕	1	
689.	似娘兒	1	
690.	徵招調中腔	1	
691.	峭寒輕	1	
692.	秋夜月	1	
693.	秋韆兒詞	1	
694.	秋宵吟	1	
695.	秋蘭老	1	
696.	秋蕊香引	1	

697.	秋蕊香令	1	
698.	秋思	1	
699.	秋風清	1	
700.	宣州竹	1	
701.	宣清	1	
702.	渡江吟	1	
703.	永裕陵歌	1	
704.	永同歡	1	
705.	家山好	1	
706.	晏清堂	1	
707.	宴春臺慢	1	
708.	寰海清	1	
709.	定風波慢	1	
710.	江南柳	1	
711.	江南春	1	
712.	江樓令	1	
713.	河瀆神	1	
714.	福壽千春	1	
715.	添字醜奴兒	1	
716.	添春色	1	
717.	泛清波摘徧	1	
718.	浣溪沙慢	1	
719.	浦湘曲	1	
720.	浪淘沙近	1	
721.	滿宮春	1	
722.	滿朝歡令	1	
723.	瀟湘憶故人慢	1	
724.	法曲第二	1	
725.	袱陵歌	1	
726.	被花惱	1	

727.	遶地遊	1	
728.	婆羅門令	1	
729.	清夜遊	1	
730.	清平樂破子	1	
731.	清風滿桂樓	1	
732.	湘江靜	1	瀟湘靜 1
733.	湘春夜月	1	
734.	澡蘭香	1	
735.	祝英臺令	1	
736.	洞天春	1	
737.	漁父家風	1	
738.	迎新春	1	
739.	迎仙客	1	
740.	迎春樂令	1	
741.	過澗歇	1	
742.	遙天奉翠華引	1	
743.	遂寧好	1	
744.	送征衣	1	
745.	送入我門來	1	
746.	遊月宮令	1	
747.	逍遙樂	1	
748.	十六賢	1	
749.	十二時慢	1	
750.	大椿	1	
751.	太清歌詞	1	
752.	夾竹桃花	1	
753.	有有令	1	
754.	南徐好	1	
755.	古調歌	1	
756.	古香慢	1	

757.	古四北洞仙歌	1	
758.	喜長新	1	
759.	杏花天慢	1	
760.	壽樓春	1	
761.	索酒	1	
762.	柘枝行	1	
763.	梧桐引	1	
764.	嬌木笪	1	
765.	越溪春	1	
766.	薄媚摘遍	1	
767.	落梅花	1	
768.	落梅風	1	
769.	落梅慢	1	
770.	夢行雲	1	
771.	夢仙鄉	1	
772.	夢還京	1	
773.	夢蘭堂	1	
774.	夢芙蓉	1	
775.	夢橫塘	1	
776.	夢揚州	1	
777.	花發狀元紅慢	1	
778.	花上月令	1	
779.	花酒令	1	
780.	花落寒窗	1	
781.	花前飲	1	
782.	荷花媚	1	
783.	荷葉杯	1	
784.	荷葉鋪水面	1	
785.	薦金蓮	1	
786.	菱花怨	1	

787.	燕歸來	1	
788.	蕊珠閑	1	
789.	蕙清風	1	
790.	蘇武令	1	
791.	萬里春	1	
792.	荔子丹	1	
793.	華清引	1	
794.	芙蓉月	1	
795.	暮花天	1	
796.	芭蕉雨	1	
797.	甘露滴喬松	1	
798.	甘州令	1	
799.	楚宮春	1	
800.	楚宮春慢	1	
801.	黃鶴引	1	
802.	枕屏兒	1	
803.	桂枝香慢	1	
804.	想車音（兀令）	1	
805.	鞓紅	1	
806.	胡搗練令	1	
807.	期夜月	1	
808.	柳垂金	1	
809.	柳搖金	1	
810.	柳腰輕	1	
811.	簷前鐵	1	
812.	散天花	1	
813.	散餘霞	1	
814.	教池回	1	
815.	松梢月	1	

816.	梅弄影	1	
817.	梅香慢	1	
818.	中腔令	1	
819.	夷則商國香慢	1	
820.	畫堂春令	1	
821.	青山遠	1	
822.	青門怨	1	
823.	冉冉雲	1	
824.	春雪間早梅	1	
825.	春夏兩相期	1	
826.	春雲怨	1	
827.	春歸怨	1	
828.	春草碧	1	
829.	春聲碎	1	
830.	春晴	1	
831.	春風嫋娜	1	
832.	秦刷子	1	
833.	東風齊著力	1	
834.	折新荷引	1	
835.	折花令	1	
836.	採明珠	1	
837.	感皇恩令	1	
838.	感恩多令	1	
839.	轉調醜奴兒	1	
840.	轉調定風波	1	
841.	曲玉管	1	
842.	輥繡球	1	
843.	掃地花	1	
844.	換巢鸞鳳	1	

845.	換遍歌頭	1	
846.	探芳新	1	
847.	撒金錢	1	
848.	拾翠羽	1	
849.	暗香疏影	1	
850.	蜀溪春	1	
851.	四檻花	1	
852.	早梅香	1	
853.	昇平樂	1	
854.	品字令	1	
855.	啄木兒	1	
856.	睡花陰令	1	
857.	踏莎行慢	1	
858.	別怨	1	
859.	晴偏好	1	
860.	映山紅	1	
861.	映山紅慢	1	
862.	喝火令	1	
863.	唱金縷	1	
864.	明月照高樓慢	1	
865.	鳴梭	1	
866.	雁侵雲慢	1	
867.	隔簾聽	1	
868.	隔簾花	1	
869.	馬家春慢	1	
870.	爪茉莉	1	
871.	鬢邊華	1	
872.	尉遲杯慢	1	
873.	陽臺怨	1	

874.	陽臺夢	1	
875.	陽臺路	1	
876.	陽春	1	
877.	陽春曲	1	
878.	陽關三疊	1	
879.	陽關引（按：又調古陽關，茲不錄）	1	
880.	且坐令	1	
881.	閨怨無悶	1	
882.	鬥百花近拍	1	
883.	鬥雞回	1	
884.	風瀑竹	1	
885.	風光好	1	
886.	鳳鸞雙舞	1	
887.	鳳池吟	1	
888.	鳳時春	1	
889.	鳳凰枝令	1	
890.	月上海棠慢	1	
891.	月邊嬌	1	
892.	月華清	1	
893.	月中桂	1	
894.	月當廳	1	
895.	熙州慢	1	
896.	聞鵲喜	1	
897.	勝州令	1	
898.	八音諧	1	
899.	八拍蠻	1	
900.	人月圓令	1	
901.	入塞	1	
902.	金蓮遶鳳樓	1	

903.	金落索	1	
904.	金盞子令	1	
905.	金盞子慢	1	
906.	金殿樂慢	1	
907.	金錢子	1	
908.	翦牡丹	1	
909.	舞楊化	1	
910.	無愁可解	1	
911.	無月不登樓	1	
912.	劍器近	1	
913.	鈿帶長中腔	1	
914.	錦瑟清商引	1	
915.	錦香囊	1	
916.	錦纏絆	1	
917.	錦被堆	1	
918.	錦標歸	1	
919.	鋸解令	1	
920.	飲馬歌	1	
921.	竹香子	1	
922.	竹馬兒	1	
923.	簇水	1	
924.	簇水近	1	
925.	小梁州	1	
926.	小木蘭花	1	
927.	小拋球樂令	1	
928.	憶黃梅	1	
929.	憶吹簫慢	1	
930.	憶少年令	1	
931.	少年遊慢	1	
932.	賞南枝	1	

933.	賞松菊	1	
934.	惜寒梅	1	
935.	惜花容	1	
936.	惜花春起早	1	
937.	惜花春起早慢	1	
938.	惜春郎	1	
939.	惜時芳	1	
940.	惜餘妍	1	
941.	惜餘歡	1	
942.	快活年	1	
943.	快活年近拍	1	
944.	恨來遲	1	
945.	恨歡遲	1	
946.	粉蝶餌慢	1	
947.	鶯聲繞紅樓	1	

三、《全唐五代詞排名表》

排序	詞牌名	存詞數量
1.	兵要望江南	720
2.	十二時	272
3.	楊柳枝	112
4.	浣溪沙	95
5.	菩薩蠻	85
6.	五更轉	69
7.	西江月	46
8.	水鼓子	39
9.	南鄉子	39
10.	撥棹歌	39
11.	酒泉子	37
12.	臨江仙	34

13.	漁父	29
14.	更漏子	27
15.	南歌子	27
16.	皇帝感	27
17.	柳枝詞	25
18.	虞美人	24
19.	竹枝	23
20.	女冠子	21
21.	沁園春	20
22.	生查子	19
23.	河傳	19
24.	浪淘沙	19
25.	望江南	19
26.	漁父詞	19
27.	清平樂	18
28.	楊柳枝壽杯詞	18
29.	採桑子	17
30.	謁金門	17
31.	拋球樂	15
32.	江城子	14
33.	荷葉杯	14
34.	玉樓春	13
35.	應天長	13
36.	定風波	12
37.	天仙子	11
38.	水調詞	11
39.	水調歌	11
40.	長相思	11
41.	柳枝	11
42.	訴衷情	11

43.	搗練子	11
44.	夢江南詞	11
45.	木蘭花	10
46.	伊州歌	10
47.	定西番	10
48.	春光好	10
49.	喜遷鶯	10
50.	竹枝詞	9
51.	步虛詞	9
52.	採蓮子	9
53.	何滿子	8
54.	巫山一段雲	8
55.	喜秋天	8
56.	漁歌子	8
57.	歸國謠	8
58.	阿那曲	7
59.	促拍滿路花	7
60.	思越人（按：有三調，思越人、朝天子、鷓鴣天）	7
61.	陸州歌	7
62.	夢江南	7
63.	憶江南	7
64.	小重山	6
65.	河瀆神	6
66.	望夫歌	6
67.	涼州歌	6
68.	舞馬詞	6
69.	醉公子	6
70.	醉花間	6
71.	謝新恩	6
72.	上林春	5

73.	上行杯	5
74.	水仙子	5
75.	甘州子	5
76.	步步高	5
77.	後庭花	5
78.	思帝鄉	5
79.	破陣子	5
80.	望遠行	5
81.	梧桐樹	5
82.	欸乃曲	5
83.	感皇恩	5
84.	楊柳枝詞	5
85.	漁家傲	5
86.	三臺	4
87.	三臺令	4
88.	永遇樂	4
89.	江南三臺	4
90.	百草詞	4
91.	西溪子	4
92.	何滿子詞	4
93.	洞仙歌	4
94.	宮中調笑	4
95.	烏夜啼	4
96.	柳含煙	4
97.	回波詞	4
98.	鬥百草詞	4
99.	婆羅門	4
100.	魚歌子	4
101.	新添聲楊柳枝	4
102.	遐方怨	4

103.	鳳歸雲	4
104.	謫仙怨	4
105.	八拍蠻	3
106.	山花子	3
107.	中興樂	3
108.	拜新月	3
109.	風流子（又調內家嬌，故單獨立目）	3
110.	宴桃源	3
111.	清平調	3
112.	閒中好	3
113.	感恩多	3
114.	想見歡	3
115.	滿宮花	3
116.	劍氣詞	3
117.	醉桃源	3
118.	憶眠時	3
119.	薄命女	3
120.	離別難	3
121.	獻忠心	3
122.	一寸金	2
123.	一斛珠	2
124.	小秦王	2
125.	內家嬌	2
126.	水調	2
127.	玉蝴蝶	2
128.	甘州遍	2
129.	江南春	2
130.	竹枝子	2
131.	赤棗子	2
132.	金錯刀	2

133.	阿曹婆詞	2
134.	怨回紇	2
135.	柳青娘	2
136.	秋風清	2
137.	紇那曲	2
138.	宮中三臺	2
139.	浪濤沙	2
140.	紗窗恨	2
141.	望梅花	2
142.	連理枝	2
143.	章臺柳	2
144.	賀明朝	2
145.	傾杯樂	2
146.	解紅	2
147.	摘得新	2
148.	漁父引	2
149.	廣謫仙怨	2
150.	撥棹子	2
151.	樂遊曲	2
152.	調笑	2
153.	踏歌詞	2
154.	憶仙姿	2
155.	蕃女怨	2
156.	獻衷心	2
157.	戀情深	2
158.	憶秦娥	2
159.	一片子	1
160.	一葉落	1
161.	八六子	1
162.	卜算子	1

163.	卜算子慢	1
164.	三字令	1
165.	三臺詞	1
166.	千金意	1
167.	子夜歌	1
168.	六州歌頭	1
169.	六么令	1
170.	月宮春	1
171.	水調歌頭	1
172.	水龍吟	1
173.	北邙月	1
174.	玉合	1
175.	玉抱肚	1
176.	甘州曲	1
177.	甘州歌	1
178.	石州	1
179.	回紇	1
180.	好時光	1
181.	字字變	1
182.	曲江秋	1
183.	江神子	1
184.	泛龍舟詞	1
185.	別仙子	1
186.	吳音子	1
187.	杏園芳	1
188.	步蟾宮	1
189.	阮郎歸	1
190.	明月斜	1
191.	芳草渡	1
192.	花非花	1

193.	胡渭州	1
194.	金浮圖	1
195.	金陵	1
196.	金縷曲	1
197.	長命女	1
198.	雨中花	1
199.	後庭宴	1
200.	怨王孫	1
201.	怨春閨	1
202.	春從天上來	1
203.	秋夜月	1
204.	風光好	1
205.	柘枝引	1
206.	宮怨春	1
207.	泰邊陲	1
208.	破陣樂	1
209.	送征衣	1
210.	回波樂	1
211.	接賓賢	1
212.	採蓮曲	1
213.	望江怨	1
214.	望江梅	1
215.	梁州歌	1
216.	荷花媚	1
217.	魚遊春水	1
218.	麥秀兩歧	1
219.	減蘭	1
220.	渭城曲	1
221.	無俗念	1
222.	無愁可解	1

223.	賀聖朝	1
224.	陽臺夢	1
225.	黃鍾樂	1
226.	塞姑	1
227.	搗練子令	1
228.	解佩令	1
229.	壽山曲	1
230.	歌頭	1
231.	漢宮春	1
232.	滿庭芳	1
233.	舞春風	1
234.	鳳樓春	1
235.	酹江月	1
236.	摩思歸	1
237.	撲蝴蝶	1
238.	樂世詞	1
239.	蝴蝶兒	1
240.	蝶戀花	1
241.	踏陽春	1
242.	鄭郎子詞	1
243.	醉妝詞	1
244.	還京樂	1
245.	霜天曉角	1
246.	點絳唇	1
247.	轉應詞	1
248.	羅嗊曲	1
249.	櫻桃歌	1
250.	鶯啼序	1
251.	鶴衝天	1

四、《全金元詞排名表》

排序	詞牌名	存詞數量
1.	滿庭芳	330
2.	西江月	220
3.	木蘭花慢	197
4.	鷓鴣天	190
5.	沁園春	177
6.	臨江仙	176
7.	水調歌頭	175
8.	滿江紅	163
9.	浣溪沙	129
10.	清平樂	129
11.	南鄉子	126
12.	太常引	114
13.	點絳唇	108
14.	漁家傲	107
15.	蘇幕遮	105
16.	踏莎行	87
17.	巫山一段雲	82
18.	清心鏡（典 421 紅窗迥）	81
19.	江城子	78
20.	減字木蘭花	74
21.	如夢令	74
22.	蝶戀花	72
23.	望蓬萊（憶江南）	72
24.	鵲橋仙	70
25.	菩薩蠻	69
26.	無夢令（如夢令）	68
27.	行香子	66

28.	踏雲行（典 1101 踏莎行）	64
29.	酹江月（念奴嬌）	64
30.	感皇恩（典 359－209 泛青苔，1084 蘇幕遮 1278 小重山）	63
31.	念奴嬌	61
32.	長思仙（長相思）	60
33.	摸魚子（律 19 摸魚兒）	58
34.	瑞鷓鴣	56
35.	風入松	54
36.	搗練子	52
37.	驀山溪	50
38.	朝中措	49
39.	蘇武慢（選冠子）	45
40.	南柯子（南歌子）	44
41.	浪淘沙（浪淘沙令）	44
42.	鸚鵡曲（典 413 黑漆弩）	43
43.	（溜元）丹砂（成 3 典 460 浣溪沙）	43
44.	卜算子	40
45.	益壽美金花（減字木蘭花）	39
46.	謁金門（典 493）	39
47.	黃鶴洞中仙（典 57 卜算子）	38
48.	桃源憶故人	38
49.	鳳棲梧（蝶戀花）	38
50.	玉樓春（律 7 木蘭花）	36
51.	摸魚兒	36
52.	虞美人	35
53.	人月圓	35
54.	訴衷情	33
55.	熱心香（典 1296 行香子）	33
56.	無俗念（念奴嬌）	33

57.	憶王孫（典 1408－378 河傳）	32
58.	金蓮出玉花（典 493 減字木蘭花）	31
59.	一翦梅	30
60.	喜遷鶯	30
61.	洞仙歌	30
62.	柳梢青	30
63.	青玉案	29
64.	定風波	29
65.	萬年春（典 175 點絳唇）	29
66.	賀新郎	28
67.	永遇樂	27
68.	齊天樂	27
69.	五陵春	27
70.	蓬萊閣（憶秦娥）	26
71.	百字令（念奴嬌）	25
72.	漁父（律 1 鋪 1 典 1453 漁歌子，典 1452 漁父引）	24
73.	小重山	24
74.	望江南（憶江南）	24
75.	春從天上來	23
76.	戰掉醜奴兒	23
77.	八聲甘州	23
78.	望月婆羅門引（譜 18 婆羅門引）	23
79.	神光燦（典 990 聲聲慢）	22
80.	瑞鶴仙	22
81.	聲聲慢	22
82.	撲金索	21
83.	玉爐三澗雪（典 1233 西江月）	21
84.	阮郎歸	21
85.	十報恩（典 936 瑞鷓鴣）	21
86.	大江東去（念奴嬌）	21

87.	憶秦娥	18
88.	鷓鴣引（典 1546 鷓鴣天）	18
89.	望海潮	18
90.	梧桐樹	17
91.	江梅引（江城梅花引）	17
92.	燭影搖紅（律 6 憶故人）	17
93.	秦樓月（憶秦娥）	17
94.	婆羅門引	17
95.	楊柳枝（譜 1、3 添聲楊柳枝）	17
96.	玉漏遲	16
97.	好事近	16
98.	賀聖朝	15
99.	月上海棠	15
100.	採桑子（律 4 醜奴兒）	15
101.	最高樓	15
102.	石州慢	15
103.	梅花引（江城梅花引）	15
104.	江神子（江城子）	14
105.	態逍遙	14
106.	得道陽（典 936 瑞鷓鴣）	14
107.	南歌子	14
108.	解佩令	13
109.	漁歌子	13
110.	月中仙（月中桂）	13
111.	謝師恩	13
112.	繡薄眉	13
113.	醉桃源（阮郎歸，桃源憶故人）	13
114.	道無情（典 1538 昭君怨）	13
115.	滿路花（促拍滿路花）	13
116.	綠頭鴨（律 20 多麗）	13

117.	金雞叫	12
118.	悟南柯（典 767 南歌子）	12
119.	採桑子	12
120.	心月照溪雲（典 749 驀山西）	12
121.	養家苦	12
122.	鐵丹砂（典 594 浪淘沙令）	12
123.	一葉舟（昭君怨）	11
124.	紅窗迥	11
125.	清蓮池上客（青玉案）	11
126.	千秋歲（念奴嬌）	11
127.	報師恩（典 936 瑞鷓鴣）	11
128.	漢宮春	10
129.	眼兒媚	10
130.	三奠子	10
131.	四仙韻（典 494 減字木蘭花）	10
132.	上丹宵（典 547 金人捧露盤）	10
133.	青杏兒（律 4 促拍醜奴兒；典 1109 攤破南鄉子）	10
134.	惜黃花	10
135.	唐多令	10
136.	步步嬌	10
137.	烏夜啼（相見歡）	9
138.	花心動	9
139.	浣沙溪（成 3 浣溪沙）	9
140.	金縷曲（律 20 譜 36 典 406 賀新郎）	9
141.	迎仙客	9
142.	酒泉子	9
143.	春草碧（譜 17 番槍子）	9
144.	昭君怨	9
145.	上平西（典 547 金人捧露盤）	9
146.	川拔棹	9

147.	風流子	9
148.	望梅花	9
149.	六洲歌頭	9
150.	雨中花（雨中花慢、雨中花令、夜行船）	8
151.	歸朝歡	8
152.	菊花天	8
153.	漁父詞（成 1 典 1453 漁歌子）	8
154.	玉堂春	8
155.	江月晃重山	8
156.	江神子令（典 501 江城子）	8
157.	黑漆弩（譜 10 鸚鵡曲）	8
158.	惜芳時（思歸樂）	8
159.	折丹桂（步蟾宮）	8
160.	霜角（典 1033 霜天曉角）	8
161.	遍地錦	8
162.	鳳凰臺上憶吹簫	8
163.	滿江紅慢（典 708 滿江紅）	8
164.	木蘭花（譜 11 木蘭花令）	8
165.	雨霖鈴	7
166.	河傳令	7
167.	玉蝴蝶	7
168.	五更出舍郎	7
169.	仙鄉子（南香子）	7
170.	東風第一枝	7
171.	糖多令（律 9 典 1112 唐多令）	7
172.	忍辱仙人（典 1455 漁家傲）	7
173.	瑤臺第一層	7
174.	歸來曲（典 1396 憶江南）	6
175.	金鼎一溪雲（典 1180 巫山一段雲）	6
176.	錦堂春（烏夜啼）	6

177.	遇仙槎（典 992 生查子）	6
178.	好離鄉（典 774 南鄉子）	6
179.	江神子慢（江城子慢）	6
180.	黃河清（典 470 黃河清慢）	6
181.	二郎神	6
182.	促拍滿路花	6
183.	啄木兒	6
184.	夜行船（律 7 雨中花，成 55 雨中花令）	6
185.	瑤臺月	6
186.	蘭陵王	6
187.	河傳	5
188.	解怨結（解佩令）	5
189.	解紅	5
190.	金盞子	5
191.	五更令	5
192.	五靈妙仙（典 1283 小鎮西犯）	5
193.	悟黃梁（典 1328 燕歸梁）	5
194.	黃鶯兒	5
195.	輥金丸	5
196.	山亭柳	5
197.	水雲遊（典 474 黃鶯兒令）	5
198.	醉蓬萊	5
199.	生查子	5
200.	奪錦標	5
201.	探春令	5
202.	天香	5
203.	天仙子	5
204.	導引	5
205.	百字謠（念奴嬌）	5
206.	粉蝶兒	5

207.	步步高	5
208.	拋球樂	5
209.	望遠行	5
210.	兩雙雁兒	5
211.	威儀辭	4
212.	解愁	4
213.	換骨頭	4
214.	憨郭郎	4
215.	（滔元）溪沙	4
216.	漁父詠（典 1455 漁家傲）	4
217.	金菊對芙蓉	4
218.	迎春樂	4
219.	江南弄	4
220.	高陽臺（律 10 慶春澤）	4
221.	絳都春	4
222.	少年遊	4
223.	醉落魄（一斛珠）	4
224.	掃花遊（掃地遊）	4
225.	大官樂	4
226.	帶馬行（典 865 青玉案）	4
227.	臺城路（齊天樂）	4
228.	晝夜樂	4
229.	洞中天（典 1546 鷓鴣天）	4
230.	破陣子	4
231.	賣花聲（律 1 浪淘沙・10 謝池春、譜 10 浪淘沙令・15 謝池春、成 1 浪淘沙、典 594 浪淘沙令・1288 謝池春）	4
232.	法駕導引	4
233.	法曲獻仙音	4
234.	戀繡衾	4
235.	雲霧斂	3

236.	憶舊遊	3
237.	下手遲	3
238.	花間訴衷情（典 1089）	3
239.	刮鼓社	3
240.	感庭秋（譜 7 撼庭秋）	3
241.	綺羅香	3
242.	御街行	3
243.	桂枝香	3
244.	古調（口關）令	3
245.	江城梅花引	3
246.	香山會	3
247.	釵頭鳳（鋪 10 擷芳詞）	3
248.	四塊玉（典 1079 四犯令）	3
249.	秋色橫空（燭影搖紅）	3
250.	霜天曉角	3
251.	促拍醜奴兒（促拍南鄉子，促排採桑子攤破南鄉子）	3
252.	多麗	3
253.	長相思	3
254.	調笑令	3
255.	渡江雲	3
256.	桃花曲（憶少年）	3
257.	登仙門	3
258.	南浦	3
259.	百寶妝（新雁過妝樓）	3
260.	品令	3
261.	望月婆羅門（譜 18 婆羅門引）	3
262.	無漏子（典 325 更漏子）	3
263.	木蘭花令（木蘭花）	3
264.	又鎖門	3
265.	六么令（典 686 六么）	3

266.	留客住	3
267.	老君吟（典 5 愛蘆花）	3
268.	意難忘	2
269.	一萼紅	2
270.	一枝花（促拍滿路花）	2
271.	一枝春	2
272.	一寸金	2
273.	一落索	2
274.	晏清都	2
275.	鶯穿柳	2
276.	鶯啼序	2
277.	夏雲峰（譜 22－36 典 1258544 金明遲）	2
278.	畫堂春	2
279.	樂府烏衣怨（典 143 點絳唇）	2
280.	海棠春	2
281.	撲金燈	2
282.	解連環	2
283.	角招	2
284.	郭郎兒慢	2
285.	隔蒲蓮（隔蒲蓮近拍）	2
286.	浣溪沙	2
287.	菊花新	2
288.	魚遊春水	2
289.	玉花洞（典 650 留春令）	2
290.	玉京山（典 1278 小重山）	2
291.	玉胡蝶	2
292.	玉女搖仙佩	2
293.	玉女搖仙輩（典 1496 玉女搖仙佩）	2
294.	金花葉	2
295.	金童捧露盤	2

296.	金縷歌（譜 36 典 406 賀新郎）	2
297.	金縷詞（譜 36 典 406 賀新郎）	2
298.	金蓮堂（典 1213 惜黃花）	2
299.	遇仙亭	2
300.	傾杯（傾杯樂）	2
301.	繫雲腰（繫裙腰）	2
302.	月華清	2
303.	減字木蘭花慢（典 759 木蘭花慢）	2
304.	孤鸞	2
305.	紅芍藥	2
306.	紅林擒進	2
307.	降中央	2
308.	恨歡遲（恨來遲）	2
309.	三光會合	2
310.	獅兒詞	2
311.	侍香金童	2
312.	七寶玲瓏	2
313.	繡定針	2
314.	祝英臺（律 11 祝英臺近）	2
315.	祝英臺近	2
316.	女冠子	2
317.	逍遙令（典 1396 憶江南）	2
318.	眞歡樂（典 1563 晝夜樂）	2
319.	神仙會（典 1267 相思會）	2
320.	瑞龍吟	2
321.	瑞珠宮（1363 夜遊宮）	2
322.	成功了	2
323.	西樓月（春曉曲）	2
324.	青門引（梁州令；青門飲）	2
325.	惜紛飛	2

326.	宜靜三臺	2
327.	疏影	2
328.	雙雁兒	2
329.	雙雙燕	2
330.	姹鶯嬌（惜奴嬌）	2
331.	攤破浣溪沙（譜 7 山花子典成 3－4 琴調相思引 463 浣溪沙）	2
332.	超彼岸	2
333.	天道無親（典 303 甘草子）	2
334.	傳妙道（典 113 傳花枝）	2
335.	棹棹榺	2
336.	洞玄歌	2
337.	洞天春	2
338.	道成歸（典 922 阮郎歸）	2
339.	特地新	2
340.	南樓令（唐多令）	2
341.	白觀音（典 26 白鶴子）	2
342.	莫思鄉（典 744 南鄉子）	2
343.	八歸	2
344.	萬年歡	2
345.	風中柳（謝池春）	2
346.	放心閒	2
347.	無愁可解	2
348.	夜遊宮	2
349.	離苦海（典 611 離別難）	2
350.	連理枝	2
351.	露華（露華憶）	2
352.	愛蘆花	1
353.	暗香	1
354.	一井金	1

355.	雨中花慢	1
356.	尉遲杯	1
357.	宴山亭（典 1333 燕山亭）	1
358.	厭世憶朝元	1
359.	燕歸慢	1
360.	燕歸梁	1
361.	燕瑤池（譜 9 月江吟 25 八聲甘州）	1
362.	鴨頭綠（譜 37 典 229 多麗）	1
363.	化生兒（典 1406 雙雁兒）	1
364.	花犯	1
365.	華溪仄（典 1402 憶秦娥）	1
366.	過秦樓	1
367.	瓦盆歌	1
368.	賀新涼（賀新郎）	1
369.	隔溪梅令	1
370.	鶴衝天（典 400－1243 喜遷鶯）	1
371.	唱馬一枝花（典 132 促拍滿路花）	1
372.	甘草子	1
373.	甘露滴喬松	1
374.	玩瑤臺	1
375.	雁靈妙方（典 1046 雙雁兒）	1
376.	願成雙	1
377.	芰荷香	1
378.	杏花天	1
379.	曲江秋	1
380.	玉液泉	1
381.	玉交梭	1
382.	玉耳墜金環（燭影搖紅）	1
383.	玉女搖仙佩	1
384.	玉燭新	1

385.	玉抱肚	1
386.	玉瓏璁（律 8 釵頭鳳，鋪 10 擷芳詞）	1
387.	金雞叫警劉公	1
388.	金蕉葉	1
389.	金人捧露盤	1
390.	金盞兒	1
391.	金縷衣（典 406 賀新郎）	1
392.	琴調相思引（相思引）	1
393.	錦棠春	1
394.	慶宮春（高陽臺）	1
395.	蕙蘭芳引	1
396.	霓裳中序第一	1
397.	缺月掛疏桐（卜算子）	1
398.	月下笛	1
399.	月中行（月宮春）	1
400.	倦尋芳	1
401.	驀山溪	1
402.	阮瑤臺	1
403.	減字採桑子	1
404.	古鳥夜啼（典 1249 想見歡）	1
405.	孤鷹	1
406.	跨金鸞	1
407.	吳音子	1
408.	江海引	1
409.	紅袖扶	1
410.	黃鶯兒令	1
411.	黃鶴繞碧樹	1
412.	餖山月	1
413.	鎖窗寒	1
414.	塞孤	1
415.	四字令（醉太平）	1

416.	使牛子	1
417.	思仙會（典 1267 相思會）	1
418.	二郎神慢	1
419.	辭百師（典 1129 添聲楊柳枝）	1
420.	七騎子	1
421.	謝池春	1
422.	受恩深	1
423.	拾菜娘（典 936 瑞鷓鴣 1546 鷓鴣天）	1
424.	秋霽	1
425.	集賢賓（接賢賓）	1
426.	繡停針	1
427.	十六字令（歸字謠蒼梧謠）	1
428.	俊蛾兒	1
429.	春從天外來（典 118 春從天上來）	1
430.	如此江山（齊天樂）	1
431.	松風慢	1
432.	哨遍	1
433.	逍遙樂	1
434.	上升花（典 443 花心動）	1
435.	蜀葵花	1
436.	眞珠簾（律 15 珍珠簾）	1
437.	神清秀（典 362 海棠春）	1
438.	垂楊	1
439.	醉花陰	1
440.	醉中歸	1
441.	西河	1
442.	青梅引	1
443.	清心月（典 922 軟翻鞋）	1
444.	聖葫蘆	1
445.	戚氏	1
446.	惜嬰嬌（典 1217 惜奴嬌）	1

447.	惜奴嬌	1
448.	雪梅香	1
449.	疏簾淡月（典 353 桂枝香）	1
450.	早春怨（柳梢青）	1
451.	相見歡	1
452.	霜葉飛	1
453.	大聖樂	1
454.	大酺	1
455.	太平令	1
456.	丹鳳吟（典 150－333 孤鸞）	1
457.	探春慢（探春）	1
458.	茶瓶兒	1
459.	畫錦堂	1
460.	長壽仙	1
461.	長庭怨慢	1
462.	枕瓶子（枕屏兒）	1
463.	珍珠簾（典 1550 眞珠蓮）	1
464.	氏州第一	1
465.	剔銀燈	1
466.	滴滴金	1
467.	摘紅英（擷芳詞）	1
468.	天香慢	1
469.	添子採桑子（典 81 採桑子）	1
470.	轉調採桂枝（典 81 採桑子）	1
471.	轉調醜奴兒（典 1111 攤破南香子）	1
472.	轉調踏莎行（踏莎行）	1
473.	轉調木蘭花	1
474.	傳言玉女	1
475.	酴醾香	1
476.	豆葉黃（憶王孫）	1
477.	桃園憶故人（譜 7 桃源憶故人）	1

478.	踏雪行（譜 13 踏莎行）	1
479.	鬥鵪鶉	1
480.	鬥修行（典 222 鬥白花近拍）	1
481.	導引詞	1
482.	德報怨（典 1535 昭君怨）	1
483.	南鄉一翦梅	1
484.	軟翻鞋	1
485.	梅梢月（典 443 花心動）	1
486.	買陂塘（摸魚兒）	1
487.	怕春歸（典 1288 謝池春）	1
488.	陌上花	1
489.	尾犯	1
490.	媚嫵	1
491.	風馬兒	1
492.	風馬令	1
493.	平等會（相思會）	1
494.	碧桃春（阮郎歸）	1
495.	步雲鞋（典 922 軟翻鞋）	1
496.	步蟾宮	1
497.	鳳來朝	1
498.	茅山逢故人	1
499.	穆護沙	1
500.	滿路花嚴（典 132 促拍滿路花）	1
501.	夢遊仙（戚氏）	1
502.	迷神引	1
503.	瑤花慢（律 17 瑤花、譜 31 瑤華）	1
504.	瑤華慢（律 17 瑤花、譜 31 瑤華）	1
505.	離別難	1
506.	六國朝	1
507.	六國朝令	1
508.	玲瓏四犯	1

五、《全唐宋金元詞總排名（初步）》

排序	詞牌名	唐五代	宋	金元	總計
1.	浣溪沙	95	820	129	1044
2.	水調歌頭	1	748	175	924
3.	鷓鴣天		674	190	864
4.	菩薩蠻	85	614	69	768
5.	西江月	46	491	220	757
6.	滿江紅		550	163	713
7.	臨江仙	34	494	176	704
8.	滿庭芳	1	350	330	681
9.	念奴嬌		617	61	678
10.	沁園春	20	438	177	635
11.	蝶戀花	1	501	72	574
12.	兵要望江南	720			720
13.	清平樂	18	366	129	513
14.	減字木蘭花		438	74	512
15.	點絳唇	1	393	108	502
16.	賀新郎		439		439
17.	南鄉子	39	265	126	430
18.	玉樓春（律7木蘭花）	13	351	36	400
19.	漁家傲	5	266	107	378
20.	虞美人	24	307	35	366
21.	木蘭花慢		153	197	350
22.	好事近		302	16	318
23.	踏莎行		229	87	316
24.	水龍吟	1	315		316
25.	朝中措		259	49	308
26.	十二時	272	36		308
27.	南歌子	27	261	14	302

28.	謁金門	17	236	39	292
29.	江城子	14	193	78	285
30.	卜操作數	1	243	40	284
31.	如夢令		184	74	258
32.	鵲橋仙		185	70	255
33.	驀山溪？		191	50	241
34.	望江南（憶江南）	19	189	24	232
35.	柳梢青		188	30	218
36.	採桑子（律4醜奴兒）	17	178	15	210
37.	生查子	19	183	5	207
38.	訴衷情	11	161	33	205
39.	阮郎歸	1	179	21	201
40.	洞仙歌	4	164	30	198
41.	浪淘沙	19	177		196
42.	感皇恩（典359-209泛青苔，1084蘇幕遮1278小重山）	5	111	63	179
43.	青玉案		142	29	171
44.	憶秦娥	2	138	18	158
45.	八聲甘州		126	23	149
46.	小重山	6	117	24	147
47.	醉落魄（一斛珠）		143	4	147
48.	齊天樂		119	27	146
49.	楊柳枝（譜1、3添聲楊柳枝）	112	15	17	144
50.	瑞鶴仙		121	22	143
51.	喜遷鶯	10	101	30	141
52.	摸魚兒		140	36	176
53.	太常引		20	114	134
54.	蘇幕遮		28	105	133
55.	長相思	11	118	3	132
56.	行香子		63	66	129

57.	定風波	12	86	29	127
58.	瑞鷓鴣		64	56	120
59.	風入松		65	54	119
60.	醉蓬萊		107	5	112
61.	聲聲慢		87	22	109
62.	永遇樂	4	78	27	109
63.	導引		99	5	104
64.	眼兒媚		94	10	104
65.	霜天曉角	1	99	3	103
66.	一翦梅		68	30	98
67.	巫山一段雲	8	7	82	97
68.	桃源憶故人		56	38	94
69.	更漏子	27	62	3	92
70.	漢宮春	1	78	10	89
71.	千秋歲（念奴嬌）		76	11	87
72.	祝英臺近		85	2	87
73.	少年遊		83	4	87
74.	漁父詞（成 1 典 1453 漁歌子）	19	60	8	87
75.	憶王孫（典 1408－378 河傳）		54	32	86
76.	漁父（律 1 鋪 1 典 1453 漁歌子，典 1452 漁父引）	29	30	24	83
77.	清心鏡（典 421 紅窗迥）			81	81
78.	五陵春		47	27	74
79.	望蓬萊（憶江南）			72	72
80.	烏夜啼（相見歡）	4	56	9	69
81.	五更轉	69			69
82.	酒泉子	37	22	9	68
83.	無夢令（如夢令）			68	68
84.	燭影搖紅（律 6 憶故人）		48	17	65
85.	踏雲行（典 1101 踏莎行）			64	64

86.	酹江月（念奴嬌）	1		64	64
87.	風流子（又調內家嬌，故單獨立目）	3	48	9	60
88.	長思仙（長相思）			60	60
89.	最高樓		45	15	60
90.	摸魚子（律19摸魚兒）			58	58
91.	糖多令（也作唐）（律9典1112唐多令）		50	7	57
92.	望海潮		39	18	57
93.	搗練子	11		52	52
94.	夜行船（律7雨中花，成55雨中花令）		46	6	52
95.	一落索		47	2	49
96.	人月圓		12	35	47
97.	天仙子	11	29	5	45
98.	蘇武慢（選冠子）			45	45
99.	南柯子（南歌子）			44	44
100.	浪淘沙（浪淘沙令）			44	44
101.	杏花天		43	1	44
102.	（潗元）丹砂（成3典460浣溪沙）			43	43
103.	河傳	19	19	5	43
104.	花心動		34	9	43
105.	鸚鵡曲（典413黑漆弩）			43	43
106.	昭君怨		33	9	42
107.	滿路花（促拍滿路花）		28	13	41
108.	雨中花（雨中花慢、雨中花令、夜行船）	1	31	8	40
109.	撥棹歌	39			39
110.	水鼓子	39			39
111.	益壽美金花（減字木蘭花）			39	39

112.	應天長	13	26		39
113.	鳳棲梧（蝶戀花）			38	38
114.	戀繡衾		34	4	38
115.	畫堂春		36	2	38
116.	黃鶴洞中仙（典 57 卜操作數）			38	38
117.	春光好	10	28		38
118.	多麗		34	3	37
119.	玉蝴蝶	2	28	7	37
120.	御街行		34	3	37
121.	六州歌頭	1	26	9	36
122.	品令		32	3	35
123.	惜分飛		33	2	35
124.	水調歌	11	24		35
125.	過秦樓		33	1	34
126.	醉花陰		33	1	34
127.	玉漏遲		18	16	34
128.	蘭陵王		33	6	39
129.	賀聖朝	1	17	15	33
130.	熱心香（典 1296 行香子）			33	33
131.	思佳客（按：有兩調，一即歸字謠，一即鷓鴣天）		33		33
132.	無俗念（念奴嬌）	1		33	33
133.	搗練子		32		32
134.	攤破浣溪沙（譜 7 山花子典成 3－4 琴調相思引 463 浣溪沙）		30	2	32
135.	解連環		32		32
136.	桂枝香		28	3	31
137.	金蓮出玉花（典 493 減字木蘭花）			31	31
138.	二郎神		25	6	31
139.	夜遊宮		29	2	31

140.	女冠子	21	7	2	30
141.	高陽臺（律10慶春澤）		26	4	30
142.	破陣子	5	20	4	29
143.	梅花引（江城梅花引）		14	15	29
144.	惜奴嬌		28	1	29
145.	憶舊遊		26	3	29
146.	萬年春（典175點絳唇）			29	29
147.	探春令		23	5	28
148.	賀新郎			28	28
149.	燕歸梁		27	1	28
150.	萬年歡		26	2	28
151.	皇帝感	27			27
152.	春從天上來	1	3	23	27
153.	蓬萊閣（憶秦娥）			26	26
154.	調笑令		23	3	26
155.	天香		21	5	26
156.	六州		26		26
157.	百字令（念奴嬌）			25	25
158.	調笑	2	23		25
159.	柳枝詞	25			25
160.	石州慢		10	15	25
161.	晏清都		23	2	25
162.	迎春樂		21	4	25
163.	殢人嬌		24		24
164.	歸朝歡		16	8	24
165.	解佩令	1	10	13	24
166.	絳都春		20	4	24
167.	相見歡	3	21	1	25
168.	拋球樂	15	3	5	23
169.	法曲獻仙音		19	4	23

170.	鳳凰臺上憶吹簫		15	8	23
171.	六么令（典686六么）	1	19	3	23
172.	戰掉醜奴兒			23	23
173.	竹枝	23			23
174.	疏影		21	2	23
175.	望月婆羅門引（譜18婆羅門引）			23	23
176.	步蟾宮	1	20	1	22
177.	婆羅門	4	18		22
178.	東風第一枝		15	7	22
179.	江城梅花引		19	3	22
180.	神光燦（典990聲聲慢）			22	22
181.	鎖窗寒（又名瑣窗寒、瑣寒窗）		21	1	22
182.	宴桃源	3	19		22
183.	月上海棠		7	15	22
184.	撲金索			21	21
185.	法駕導引		17	4	21
186.	大江東去（念奴嬌）			21	21
187.	十報恩（典936瑞鷓鴣）			21	21
188.	掃花遊		21		21
189.	一叢花		21		21
190.	玉爐三澗雪（典1233西江月）			21	21
191.	寶鼎現		20		20
192.	渡江雲		17	3	20
193.	九張機		20		20
194.	眞珠簾		20		20
195.	秋蕊香		19		19
196.	一萼紅		17	2	19
197.	八寶妝（亦作裝）		18		18
198.	金人捧露盤		17	1	18
199.	清商怨		18		18

200.	慶清朝		18		18
201.	鷓鴣引（典1546鷓鴣天）			18	18
202.	哨遍		17	1	18
203.	楊柳枝壽杯詞	18			18
204.	望遠行	5	8	5	18
205.	婆羅門引			17	17
206.	滴滴金		16	1	17
207.	江梅引（江城梅花引）			17	17
208.	綺羅香		14	3	17
209.	秦樓月（憶秦娥）			17	17
210.	新荷葉		17		17
211.	鶯啼序	1	14	2	17
212.	梧桐樹	5		17	17
213.	步虛詞	9	7		16
214.	大酺		15	1	16
215.	玲瓏四犯		15	1	16
216.	紅窗迥		5	11	16
217.	慶春宮		16		16
218.	西河		15	1	16
219.	惜黃花		6	10	16
220.	荷葉杯	14	1		15
221.	倦尋芳		14	1	15
222.	傾杯		15		15
223.	折丹桂（步蟾宮）		7	8	15
224.	意難忘		13	2	15
225.	雨中花慢		14	1	15
226.	得道陽（典936瑞鷓鴣）			14	14
227.	態逍遙			14	14
228.	江神子（江城子）	1		14	14
229.	七娘子		14		14

230.	暗香		13	1	14
231.	瑤臺第一層		7	7	14
232.	雨霖鈴		7	7	14
233.	粉蝶兒		8	5	13
234.	道無情（典 1538 昭君怨）			13	13
235.	定西番	10	3		13
236.	荔枝香		13		13
237.	綠頭鴨（律 20 多麗）			13	13
238.	歸國謠	8	5		13
239.	好女兒		13		13
240.	花犯		12	1	13
241.	解語花		13		13
242.	金盞子（盞亦作琖）		8	5	13
243.	菊花新		13		13
244.	琴調相思引（相思引）		12	1	13
245.	夏雲峰（譜 22－36 典 1258544 金明遲）		11	2	13
246.	謝師恩			13	13
247.	繡薄眉			13	13
248.	傳言玉女		12	1	13
249.	瑞龍吟		11	2	13
250.	醉太平		13		13
251.	醉桃源（阮郎歸，桃源憶故人）	3		13	13
252.	思越人（按：有三調，思越人、朝天子、鷓鴣天）	7	6		13
253.	尾犯		12	1	13
254.	望梅花	2	2	9	13
255.	於飛樂		13		13
256.	漁歌子	8		13	13
257.	雨中花令		13		13
258.	月中仙（月中桂）			13	13

259.	賣花聲（律1浪淘沙・10謝池春、譜10浪淘沙令・15謝池春、成1浪淘沙、典594浪淘沙令・1288謝池春）		8	4	12
260.	鐵丹砂（典594浪淘沙令）			12	12
261.	調笑轉踏		12		12
262.	南浦		9	3	12
263.	留春令		12		12
264.	兩同心		12		12
265.	隔浦蓮		12		12
266.	河滿子（河亦作何）		12		12
267.	極相思		12		12
268.	金雞叫			12	12
269.	心月照溪雲（典749驀山西）			12	12
270.	釵頭鳳（鋪10擷芳詞）		9	3	12
271.	上林春	5	7		12
272.	霜葉飛		11	1	12
273.	採桑子			12	12
274.	塞翁吟		12		12
275.	三姝媚		12		12
276.	一寸金	2	8	2	12
277.	養家苦			12	12
278.	悟南柯（典767南歌子）			12	12
279.	漁家傲引		12		12
280.	報師恩（典936瑞鷓鴣）			11	11
281.	夢江南詞	11			11
282.	法曲		11		11
283.	番禺調笑		11		11
284.	東坡引		11		11
285.	剔銀燈		10	1	11
286.	霓裳中序第一		10	1	11

287.	柳枝	11			11
288.	錦堂春（又名相見歡）		11		11
289.	秋霽		10	1	11
290.	秋夜雨		11		11
291.	清蓮池上客（青玉案）			11	11
292.	垂絲釣		11		11
293.	水調詞	11			11
294.	早梅芳		11		11
295.	採蓮		11		11
296.	一葉舟（昭君怨）			11	11
297.	瑤臺月		5	6	11
298.	魚遊春水	1	8	2	11
299.	玉堂春		3	8	11
300.	八六子	1	9		10
301.	薄媚		10		10
302.	步步嬌			10	10
303.	撲蝴蝶	1	9		10
304.	唐多令			10	10
305.	鶴衝天（典 400－1243 喜遷鶯）	1	8	1	10
306.	後庭花	5	5		10
307.	畫錦堂		9	1	10
308.	黃鶯兒		5	5	10
309.	青門引（梁州令；青門飲）		8	2	10
310.	青杏兒（律 4 促拍醜奴兒；典 1109 攤破南鄉子）			10	10
311.	瀟湘神		10		10
312.	春草碧（譜 17 番槍子）		1	9	10
313.	上丹宵（典 547 金人捧露盤）			10	10
314.	四仙韻（典 494 減字木蘭花）			10	10
315.	三奠子			10	10

316.	安公子		10		10
317.	伊州歌	10			10
318.	野庵曲		10		10
319.	夜合花		10		10
320.	迎仙客		1	9	10
321.	漁歌		10		10
322.	玉燭新		9	1	10
323.	氐州第一		8	1	9
324.	太平時		9		9
325.	探芳信		9		9
326.	探春慢（探春）		8	1	9
327.	浪淘沙令		9		9
328.	海棠春		7	2	9
329.	華胥引		9		9
330.	紅林擒近		9		9
331.	解蹀躞		9		9
332.	金縷曲（律 20 譜 36 典 406 賀新郎）	1		9	9
333.	金蕉葉		8	1	9
334.	金菊對芙蓉		5	4	9
335.	謝池春		8	1	9
336.	徵招		9		9
337.	竹枝詞	9			9
338.	川拔棹			9	9
339.	上平西（典 547 金人捧露盤）			9	9
340.	採蓮子	9			9
341.	三登樂		9		9
342.	夜飛鵲		9		9
343.	宴山亭（「宴」亦作「燕」）（典 1333 燕山亭）		8	1	9
344.	尉遲杯		8	1	9

345.	浣沙溪（成 3 浣溪沙）			9	9
346.	遍地錦			8	8
347.	滿江紅慢（典 708 滿江紅）			8	8
348.	夢玉人引		8		8
349.	木蘭花（譜 11 木蘭花令）	10		8	8
350.	大聖樂		7	1	8
351.	調笑集句		8		8
352.	六醜		8		8
353.	孤鸞		6	2	8
354.	歸去來兮引		8		8
355.	看花回		8		8
356.	何滿子	8			8
357.	黑漆弩（譜 10 鸚鵡曲）			8	8
358.	黃河清（典 470 黃河清慢）		2	6	8
359.	芰荷香		7	1	8
360.	江神子令（典 501 江城子）			8	8
361.	江月晃重山			8	8
362.	菊花天			8	8
363.	惜芳時（思歸樂）			8	8
364.	喜秋天	8			8
365.	霜角（典 1033 霜天曉角）			8	8
366.	側犯		8		8
367.	漁父舞		8		8
368.	玉連環		8		8
369.	碧牡丹		7		7
370.	夢江南	7			7
371.	奉禋歌		7		7
372.	鳳歸雲	4	3		7
373.	鳳銜杯		7		7
374.	端正好		7		7

375.	太清舞		7		7
376.	糖多令			7	7
377.	連理枝	2	5		7
378.	梁州令		7		7
379.	陸州歌	7			7
380.	歸田樂		7		7
381.	河瀆神	6	1		7
382.	河傳令			7	7
383.	還京樂	1	6		7
384.	戚氏		6	1	7
385.	綺僚怨		7		7
386.	千秋歲引		7		7
387.	慶春澤		7		7
388.	西平樂		7		7
389.	小秦王	2	5		7
390.	仙鄉子（南香子）			7	7
391.	啄木兒		1	6	7
392.	醜奴兒慢		7		7
393.	長亭怨		7		7
394.	十樣花		7		7
395.	侍香金童		5	2	7
396.	山亭柳		2	5	7
397.	水仙子	5	2		7
398.	雙雁兒		5	2	7
399.	忍辱仙人（典 1455 漁家傲）			7	7
400.	醉公子	6	1		7
401.	促拍醜奴兒（促拍南鄉子，促排採桑子攤破南鄉子）		4	3	7
402.	三部樂		7		7
403.	阿那曲	7			7

404.	憶江南	7			7
405.	憶瑤姬		7		7
406.	揚州慢		7		7
407.	五更出舍郎			7	7
408.	月下笛		6	1	7
409.	薄倖		6		6
410.	拜星月		6		6
411.	芳草		6		6
412.	鳳凰閣		6		6
413.	鬥百花		6		6
414.	度清宵		6		6
415.	踏青遊		6		6
416.	亭前柳		6		6
417.	內家嬌	2	4		6
418.	涼州歌	6			6
419.	歸來曲（典 1396 憶江南）			6	6
420.	桂殿秋		6		6
421.	好離鄉（典 774 南鄉子）			6	6
422.	金鼎一溪雲（典 1180 巫山一段雲）			6	6
423.	錦堂春（烏夜啼）			6	6
424.	江神子慢（江城子慢）			6	6
425.	曲江秋	1	4	1	6
426.	西地錦		6		6
427.	惜秋華		6		6
428.	謝新恩	6			6
429.	十月桃		6		6
430.	室垣春		6		6
431.	沙塞子		6		6
432.	雙調望江南		6		6

433.	醉花間	6			6
434.	醉春風		6		6
435.	蒼梧謠		6		6
436.	促拍滿路花	7		6	6
437.	三臺	4	2		6
438.	欸乃曲	5	1		6
439.	一枝春		4	2	6
440.	宴瑤池		6		6
441.	舞馬詞	6			6
442.	望夫歌	6			6
443.	望仙門		6		6
444.	玉團兒		6		6
445.	玉女搖仙佩		4	2	6
446.	遇仙槎（典 992 生查子）			6	6
447.	八歸		3	2	5
448.	百字謠（念奴嬌）			5	5
449.	步步高	5		5	5
450.	迷神引		4	1	5
451.	鳳簫吟		5		5
452.	倒犯		5		5
453.	丹鳳吟		5		5
454.	丁香結		5		5
455.	定風波令		5		5
456.	奪錦標			5	5
457.	離別難	3	1	1	5
458.	離亭宴		5		5
459.	留客住		2	3	5
460.	兩雙雁兒			5	5
461.	甘州子	5			5
462.	甘草子		4	1	5

463.	感庭秋（譜 7 撼庭秋）		2	3	5
464.	鼓笛令		5		5
465.	輥金丸			5	5
466.	晝夜樂		5		5
467.	解紅	2		5	5
468.	解怨結（解佩令）			5	5
469.	金盞倒垂蓮（盞亦作琖）		5		5
470.	喜朝天		5		5
471.	相思令		5		5
472.	相思引		5		5
473.	折紅梅		5		5
474.	謫仙怨	4	1		5
475.	赤棗子	2	3		5
476.	茶瓶兒		4	1	5
477.	水雲遊（典 474 黃鶯兒令）			5	5
478.	繞佛閣（「繞」亦作「遶」）		5		5
479.	醉思仙		5		5
480.	醉翁操		5		5
481.	思帝鄉	5			5
482.	憶帝京		5		5
483.	宴春臺		5		5
484.	楊柳枝詞	5			5
485.	吳音子	1	3	1	5
486.	五靈妙仙（典 1283 小鎮西犯）			5	5
487.	五更令			5	5
488.	悟黃梁（典 1328 燕歸梁）			5	5
489.	望漢月		5		5
490.	玉交枝		5		5
491.	月華清		3	2	5
492.	上行杯	5			5

493.	（浣溪）溪沙			4	4
494.	八拍蠻	3	1		4
495.	撥棹子	2	2		4
496.	卜操作數慢	1	3		4
497.	百草詞	4			4
498.	鳳來朝		3	1	4
499.	大官樂			4	4
500.	帶馬行（典 865 青玉案）			4	4
501.	鬥百草詞	4			4
502.	洞中天（典 1546 鷓鴣天）			4	4
503.	臺城路（齊天樂）			4	4
504.	偷聲木蘭花		4		4
505.	攤破醜奴兒		4		4
506.	柳初新		4		4
507.	柳含煙	4			4
508.	綠華		4		4
509.	隔浦蓮近		4		4
510.	隔浦蓮近拍		4		4
511.	聒龍謠		4		4
512.	國香		4		4
513.	宮中調笑	4			4
514.	開元樂		4		4
515.	合宮歌		4		4
516.	何滿子詞	4			4
517.	憨郭郎			4	4
518.	回波詞	4			4
519.	蕙蘭芳引		3	1	4
520.	換骨頭			4	4
521.	戞金釵		4		4
522.	解愁			4	4

523.	角招		2	2	4
524.	錦園春		4		4
525.	江南弄			4	4
526.	江南好		4		4
527.	江南三臺	4			4
528.	降仙臺		4		4
529.	淒涼犯		4		4
530.	曲遊春		4		4
531.	西溪子	4			4
532.	惜黃花慢		4		4
533.	惜紅衣		4		4
534.	繫裙腰（另調《芳草渡》）		4		4
535.	繫梧桐		4		4
536.	遐方怨	4			4
537.	下水船		4		4
538.	夏初臨		4		4
539.	新添聲楊柳枝	4			4
540.	香山會		1	3	4
541.	雪梅香		3	1	4
542.	折花三臺		4		4
543.	晝夜樂			4	4
544.	長壽樂		4		4
545.	聲聲令		4		4
546.	雙頭蓮		4		4
547.	雙雙燕		2	2	4
548.	四時樂		4		4
549.	四園竹		4		4
550.	掃花遊（掃地遊）			4	4
551.	三臺令	4			4
552.	宜男草		4		4

553.	瑤華		4		4
554.	宴瓊林		4		4
555.	引駕行		4		4
556.	無悶		4		4
557.	無愁可解	1	1	2	4
558.	威儀辭			4	4
559.	魚歌子	4			4
560.	漁父詠（典 1455 漁家傲）			4	4
561.	漁家傲引・破子		4		4
562.	玉抱肚	1	2	1	4
563.	薄命女	3			3
564.	白苧		3		3
565.	百寶妝（新雁過妝樓）			3	3
566.	拜新月	3			3
567.	遍地蘭（遍亦作徧）		3		3
568.	破陣樂	1	2		3
569.	梅花曲		3		3
570.	滿宮花	3			3
571.	滿朝歡		3		3
572.	明月逐人來		3		3
573.	木蘭花令（木蘭花）			3	3
574.	飛雪滿群山		3		3
575.	拂霓裳		3		3
576.	淡黃柳		3		3
577.	登仙門			3	3
578.	笛家弄		3		3
579.	洞天春		1	2	3
580.	踏歌		3		3
581.	桃花曲（憶少年）			3	3
582.	透碧宵		3		3

583.	攤破木蘭花		3		3
584.	攤聲浣溪沙		3		3
585.	臘梅香		3		3
586.	老君吟（典5 愛蘆花）			3	3
587.	樓心月		3		3
588.	浪淘沙慢		3		3
589.	臨江仙引		3		3
590.	甘露歌		3		3
591.	感恩多	3			3
592.	古調（口關）令			3	3
593.	刮鼓社			3	3
594.	桂華明		3		3
595.	合歡帶		3		3
596.	恨歡遲（恨來遲）		1	2	3
597.	胡搗練		3		3
598.	花發沁園春		3		3
599.	花間訴衷情（典1089）			3	3
600.	紅窗聽		3		3
601.	紅窗怨		3		3
602.	紅芍藥		1	2	3
603.	劍氣詞	3			3
604.	金鳳鈎		3		3
605.	錦帳春		3		3
606.	江南春	2	1		3
607.	秋風清	2	1		3
608.	秋色橫空（燭影搖紅）			3	3
609.	千年調		3		3
610.	清平調	3			3
611.	慶金枝		3		3
612.	西施		3		3

613.	喜團圓		3		3
614.	下手遲			3	3
615.	小桃紅		3		3
616.	閒中好	3			3
617.	獻忠心	3			3
618.	柘枝舞		3		3
619.	摘紅英（擷芳詞）		2	1	3
620.	鎮西		3		3
621.	駐馬聽		3		3
622.	中興樂	3			3
623.	城頭月		3		3
624.	山花子	3			3
625.	子夜歌	1	2		3
626.	醉垂鞭		3		3
627.	四塊玉（典 1079 四犯令）			3	3
628.	塞孤		2	1	3
629.	三字令	1	2		3
630.	一井金		2	1	3
631.	憶眠時	3			3
632.	又鎖門			3	3
633.	鹽角兒		3		3
634.	無漏子（典 325 更漏子）			3	3
635.	望月婆羅門（譜 18 婆羅門引）			3	3
636.	雲霧斂			3	3
637.	八節長歡		2		2
638.	白觀音（典 26 白鶴子）			2	2
639.	白雪		2		2
640.	步月		2		2
641.	破字令		2		2
642.	平調發引		2		2

643.	撲金燈			2	2
644.	莫思鄉（典 744 南鄉子）			2	2
645.	眉嫵		2		2
646.	梅子黃時雨		2		2
647.	幔卷袖		2		2
648.	迷仙引		2		2
649.	蕃女怨	2			2
650.	翻香令		2		2
651.	泛蘭州		2		2
652.	放心閒			2	2
653.	風光好	1	1		2
654.	風中柳（謝池春）			2	2
655.	大有		2		2
656.	倒垂柳		2		2
657.	道成歸（典 922 阮郎歸）			2	2
658.	鬥百草		2		2
659.	杜韋娘		2		2
660.	洞玄歌			2	2
661.	踏歌詞	2			2
662.	特地新			2	2
663.	攤破南香子		2		2
664.	攤破訴衷情		2		2
665.	探芳訊		2		2
666.	調嘯詞		2		2
667.	天門謠		2		2
668.	天道無親（典 303 甘草子）			2	2
669.	脫銀袍		2		2
670.	南樓令（唐多令）			2	2
671.	樂府烏衣怨（典 143 點絳唇）			2	2
672.	樂遊曲	2			2

673.	樓上曲		2		2
674.	浪濤沙	2			2
675.	離苦海（典 611 離別難）			2	2
676.	鬲溪梅令		2		2
677.	柳青娘	2			2
678.	六橋行		2		2
679.	連理枝			2	2
680.	戀情深	2			2
681.	林鍾商小品		2		2
682.	露華（露華憶）			2	2
683.	輪臺子		2		2
684.	隔蒲蓮（隔蒲蓮近拍）？			2	2
685.	甘露滴喬松		1	1	2
686.	甘州遍	2			2
687.	古陽關		2		2
688.	郭郎兒慢			2	2
689.	過澗歇近		2		2
690.	歸去來		2		2
691.	廣謫仙怨	2			2
692.	宮中三臺	2			2
693.	紇那曲	2			2
694.	荷花媚	1	1		2
695.	賀明朝	2			2
696.	賀聖朝影		2		2
697.	海棠春令		2		2
698.	海月謠		2		2
699.	撼庭竹		2		2
700.	恨春遲		2		2
701.	蕙蘭芳		2		2
702.	黃鸝繞碧樹		2		2

703.	紅林擒進			2	2
704.	紅羅襖		2		2
705.	集賢賓（接賢賓）		1	1	2
706.	祭天神		2		2
707.	佳人醉		2		2
708.	解連環			2	2
709.	減字木蘭花慢（典 759 木蘭花慢）			2	2
710.	金童捧露盤			2	2
711.	金蓮堂（典 1213 惜黃花）			2	2
712.	金縷歌（譜 36 典 406 賀新郎）			2	2
713.	金縷詞（譜 36 典 406 賀新郎）			2	2
714.	金花葉			2	2
715.	金錯刀	2			2
716.	錦纏道		2		2
717.	錦園春犯		2		2
718.	江城子慢		2		2
719.	降中央			2	2
720.	菊花新			2	2
721.	七寶玲瓏			2	2
722.	秋日田父詞		2		2
723.	秋夜月	1	1		2
724.	千金意	1	1		2
725.	青房並蒂蓮		2		2
726.	清波引		2		2
727.	傾杯（傾杯樂）			2	2
728.	傾杯令		2		2
729.	傾杯樂	2			2
730.	情久長		2		2
731.	慶佳節		2		2

732.	慶千秋		2		2
733.	慶春時		2		2
734.	勸金船		2		2
735.	西樓月（春曉曲）			2	2
736.	西湖月		2		2
737.	西子妝慢		2		2
738.	惜春令		2		2
739.	喜遷鶯慢		2		2
740.	繫雲腰（繫裙腰）			2	2
741.	夏日宴黌堂		2		2
742.	逍遙樂		1	1	2
743.	逍遙令（典 1396 憶江南）			2	2
744.	繡定針			2	2
745.	繡停針		1	1	2
746.	獻衷心	2			2
747.	相思會		2		2
748.	湘靈瑟		2		2
749.	向湖邊		2		2
750.	雪獅兒		2		2
751.	尋梅		2		2
752.	摘得新	2			2
753.	棹棹楫			2	2
754.	眞歡樂（典 1563 晝夜樂）			2	2
755.	章臺柳	2			2
756.	竹馬子		2		2
757.	竹枝子	2			2
758.	祝英臺（律 11 祝英臺近）			2	2
759.	卓牌兒		2		2
760.	轉調醜奴兒（典 1111 攤破南香子）		1	1	2

761.	姹鶯嬌（惜奴嬌）			2	2
762.	超彼岸			2	2
763.	朝天子		2		2
764.	朝玉階		2		2
765.	長相思慢		2		2
766.	長壽仙促拍		2		2
767.	長生樂		2		2
768.	成功了			2	2
769.	垂楊		1	1	2
770.	傳妙道（典 113 傳花枝）			2	2
771.	春曉曲		2		2
772.	獅兒詞			2	2
773.	石州詞		2		2
774.	使牛子		1	1	2
775.	紗窗恨	2			2
776.	少年心		2		2
777.	神仙會（典 1267 相思會）			2	2
778.	水調	2			2
779.	舜韶新		2		2
780.	如魚水		2		2
781.	瑞鷓鴣慢		2		2
782.	瑞珠宮（1363 夜遊宮）			2	2
783.	睿恩新		2		2
784.	思歸樂		2		2
785.	思遠人		2		2
786.	掃地舞		2		2
787.	三臺春曲		2		2
788.	三光會合			2	2
789.	送征衣	1		1	2
790.	阿曹婆詞	2			2

791.	安平樂		2		2
792.	安平樂慢		2		2
793.	一斛珠	2			2
794.	一枝花（促拍滿路花）			2	2
795.	一叢花令		2		2
796.	宜靜三臺			2	2
797.	憶悶令		2		2
798.	憶東坡		2		2
799.	憶桃園		2		2
800.	憶仙姿	2			2
801.	夜半樂		2		2
802.	陽臺夢	1	1		2
803.	鶯穿柳			2	2
804.	五福降中天		2		2
805.	五彩結同心		2		2
806.	浣溪沙			2	2
807.	萬年歡慢		2		2
808.	聞鵑啼（全宋詞 P1641 失題詞）		2		2
809.	汪秀才		2		2
810.	望仙樓		2		2
811.	漁父引	2			2
812.	玉女搖仙輩（典 1496 玉女搖仙佩）			2	2
813.	玉胡蝶			2	2
814.	玉花洞（典 650 留春令）			2	2
815.	玉京秋		2		2
816.	玉京山（典 1278 小重山）			2	2
817.	遇仙亭			2	2
818.	遠朝歸		2		2
819.	怨回紇	2			2

820.	怨春郎		2		2
821.	怨三三		2		2
822.	八音諧		1		1
823.	芭蕉雨		1		1
824.	薄媚摘遍		1		1
825.	百媚娘		1		1
826.	百歲令		1		1
827.	百宜嬌		1		1
828.	北邙月	1			1
829.	被花惱		1		1
830.	保壽樂		1		1
831.	碧桃春（阮郎歸）			1	1
832.	碧玉簫		1		1
833.	別仙子	1			1
834.	別怨		1		1
835.	鬢邊華		1		1
836.	步虛詞令		1		1
837.	步雲鞋（典 922 軟翻鞋）			1	1
838.	怕春歸（典 1288 謝池春）			1	1
839.	婆羅門令		1		1
840.	琵琶仙		1		1
841.	品字令		1		1
842.	平等會（相思會）			1	1
843.	浦湘曲		1		1
844.	馬家春慢		1		1
845.	摩思歸	1			1
846.	陌上花			1	1
847.	買陂塘（摸魚兒）			1	1
848.	麥秀雨歧	1			1
849.	梅弄影		1		1

850.	梅香慢		1		1
851.	梅梢月（典 443 花心動）			1	1
852.	媚嫵			1	1
853.	茅山逢故人			1	1
854.	滿路花嚴（典 132 促拍滿路花）			1	1
855.	滿宮春		1		1
856.	滿朝歡令		1		1
857.	孟家蟬		1		1
858.	夢芙蓉		1		1
859.	夢蘭堂		1		1
860.	夢橫塘		1		1
861.	夢還京		1		1
862.	夢仙鄉		1		1
863.	夢行雲		1		1
864.	夢遊仙（戚氏）			1	1
865.	夢揚州		1		1
866.	明月斜	1			1
867.	明月照高樓慢		1		1
868.	鳴梭		1		1
869.	暮花天		1		1
870.	穆護沙			1	1
871.	法曲第二		1		1
872.	飛龍宴		1		1
873.	番槍子		1		1
874.	泛龍舟詞	1			1
875.	泛清波摘徧		1		1
876.	粉蝶餌慢		1		1
877.	芳草渡	1			1
878.	風瀑竹		1		1
879.	風馬令			1	1

880.	風馬兒			1	1
881.	鳳樓春	1			1
882.	鳳鸞雙舞		1		1
883.	鳳凰枝令		1		1
884.	鳳池吟		1		1
885.	鳳時春		1		1
886.	芙蓉月		1		1
887.	祓陵歌		1		1
888.	福壽千春		1		1
889.	大椿		1		1
890.	德報怨（典 1535 昭君怨）			1	1
891.	搗練子令	1			1
892.	導引詞			1	1
893.	豆葉黃（憶王孫）			1	1
894.	鬥百花近拍		1		1
895.	鬥雞回		1		1
896.	鬥修行（典 222 鬥白花近拍）			1	1
897.	鬥鵪鶉			1	1
898.	丹鳳吟（典 150－333 孤鸞）			1	1
899.	帝臺春		1		1
900.	弔嚴陵		1		1
901.	鈿帶長中腔		1		1
902.	定風波慢		1		1
903.	渡江吟		1		1
904.	東風齊著力		1		1
905.	踏雪行（譜 13 踏莎行）			1	1
906.	踏莎行慢		1		1
907.	踏陽春	1			1
908.	太平令			1	1
909.	太清歌詞		1		1

910.	泰邊陲	1			1
911.	桃園憶故人（譜7桃源憶故人）			1	1
912.	頭盞曲		1		1
913.	探芳新		1		1
914.	唐河傳		1		1
915.	調笑歌		1		1
916.	天下樂		1		1
917.	天香慢			1	1
918.	添春色		1		1
919.	添子採桑子（典81採桑子）			1	1
920.	添字醜奴兒		1		1
921.	鞓紅		1		1
922.	酴醿香			1	1
923.	南鄉一翦梅			1	1
924.	南徐好		1		1
925.	樂世詞	1			1
926.	浪淘沙近		1		1
927.	荔子丹		1		1
928.	柳垂金		1		1
929.	柳腰輕		1		1
930.	柳搖金		1		1
931.	六國朝			1	1
932.	六國朝令			1	1
933.	六花飛		1		1
934.	戀芳春慢		1		1
935.	戀香衾		1		1
936.	梁州歌	1			1
937.	玲瓏玉		1		1
938.	菱花怨		1		1
939.	羅嗊曲	1			1

940.	落梅慢		1	1
941.	落梅風		1	1
942.	落梅花		1	1
943.	龍門令		1	1
944.	龍山會		1	1
945.	綠蓋舞風輕		1	1
946.	歌頭	1		1
947.	隔簾聽		1	1
948.	隔簾花		1	1
949.	隔溪梅令			1	1
950.	高山流水		1	1
951.	甘州令		1	1
952.	甘州歌	1		1
953.	甘州曲	1		1
954.	感皇恩令		1	1
955.	感恩多令		1	1
956.	感恩深		1	1
957.	孤館深沉		1	1
958.	孤鷹			1	1
959.	古調歌		1	1
960.	古烏夜啼（典 1249 想見歡）			1	1
961.	古香慢		1	1
962.	古四北洞仙歌		1	1
963.	郭郎兒近拍		1	1
964.	過澗歇		1	1
965.	閨怨無悶		1	1
966.	歸田樂令		1	1
967.	歸朝歌		1	1
968.	歸自謠		1	1
969.	桂枝香慢		1	1

970.	輥繡球		1		1
971.	宮怨春	1			1
972.	酷相思		1		1
973.	跨金鸞			1	1
974.	快活年		1		1
975.	快活年近拍		1		1
976.	喝火令		1		1
977.	荷葉鋪水面		1		1
978.	賀新涼（賀新郎）			1	1
979.	好時光	1			1
980.	餶山月			1	1
981.	後庭宴	1			1
982.	恨來遲		1		1
983.	胡搗練令		1		1
984.	胡渭州	1			1
985.	蝴蝶兒	1			1
986.	花發狀元紅慢		1		1
987.	花非花	1			1
988.	花落寒窗		1		1
989.	花酒令		1		1
990.	花前飲		1		1
991.	花上月令		1		1
992.	華清引		1		1
993.	華溪仄（典 1402 憶秦娥）			1	1
994.	化生兒（典 1406 雙雁兒）			1	1
995.	畫堂春令		1		1
996.	回紇	1			1
997.	回波樂	1			1
998.	蕙清風		1		1
999.	寰海清		1		1

1000.	換遍歌頭		1		1
1001.	換巢鸞鳳		1		1
1002.	黃鶴繞碧樹			1	1
1003.	黃鶴引		1		1
1004.	黃鍾樂	1			1
1005.	黃鶯兒令			1	1
1006.	紅樓慢		1		1
1007.	紅袖扶			1	1
1008.	家山好		1		1
1009.	夾竹桃花		1		1
1010.	接賓賢	1			1
1011.	結帶巾		1		1
1012.	解仙佩		1		1
1013.	教池回		1		1
1014.	嬌木笪		1		1
1015.	減蘭	1			1
1016.	減字探桑子			1	1
1017.	翦牡丹		1		1
1018.	劍器近		1		1
1019.	薦金蓮		1		1
1020.	金浮圖	1			1
1021.	金殿樂慢		1		1
1022.	金蓮遶鳳樓		1		1
1023.	金陵	1			1
1024.	金落索		1		1
1025.	金縷衣（典 406 賀新郎）			1	1
1026.	金雞叫警劉公			1	1
1027.	金錢子		1		1
1028.	金盞子慢		1		1
1029.	金盞子令		1		1

1030.	金盞兒			1	1
1031.	錦被堆		1		1
1032.	錦標歸		1		1
1033.	錦棠春？			1	1
1034.	錦香囊		1		1
1035.	錦纏絆		1		1
1036.	錦瑟清商引		1		1
1037.	江南柳		1		1
1038.	江樓令		1		1
1039.	江海引			1	1
1040.	鋸解令		1		1
1041.	俊蛾兒			1	1
1042.	七騎子			1	1
1043.	期夜月		1		1
1044.	且坐令		1		1
1045.	峭寒輕		1		1
1046.	秋蘭老		1		1
1047.	秋韆兒詞		1		1
1048.	秋宵吟		1		1
1049.	秋蕊香令		1		1
1050.	秋蕊香引		1		1
1051.	秋思		1		1
1052.	千春詞		1		1
1053.	秦刷子		1		1
1054.	琴調相思令		1		1
1055.	青梅引			1	1
1056.	青門怨		1		1
1057.	青山遠		1		1
1058.	清平樂破子		1		1
1059.	清風滿桂樓		1		1

1060.	清心月（典 922 軟翻鞋）			1	1
1061.	清夜遊		1		1
1062.	傾杯近		1		1
1063.	傾杯序		1		1
1064.	晴偏好		1		1
1065.	慶宮春（高陽臺）			1	1
1066.	慶青春		1		1
1067.	慶壽宵		1		1
1068.	曲玉管		1		1
1069.	缺月掛疏桐（卜操作數）			1	1
1070.	西江月慢		1		1
1071.	西窗燭		1		1
1072.	西吳曲		1		1
1073.	熙州慢		1		1
1074.	惜寒梅		1		1
1075.	惜花春起早		1		1
1076.	惜花春起早慢		1		1
1077.	惜花容		1		1
1078.	惜春郎		1		1
1079.	惜時芳		1		1
1080.	惜嬰嬌（典 1217 惜奴嬌）			1	1
1081.	惜餘歡		1		1
1082.	惜餘妍		1		1
1083.	喜長新		1		1
1084.	瀟湘憶故人慢		1		1
1085.	小拋球樂令		1		1
1086.	小木蘭花		1		1
1087.	小梁州		1		1
1088.	獻天壽慢		1		1
1089.	獻天壽令		1		1

1090.	獻金杯		1		1
1091.	獻仙桃		1		1
1092.	新水令		1		1
1093.	湘江靜		1		1
1094.	湘春夜月		1		1
1095.	想車音（兀令）		1		1
1096.	行香子慢		1		1
1097.	杏花天慢		1		1
1098.	杏園芳	1			1
1099.	雪明鳷鵲夜		1		1
1100.	雪花飛		1		1
1101.	雪野漁舟		1		1
1102.	宣清		1		1
1103.	宣州竹		1		1
1104.	折花令		1		1
1105.	折新荷引		1		1
1106.	柘枝行		1		1
1107.	柘枝引	1			1
1108.	占春芳		1		1
1109.	珍珠簾（典1550眞珠蓮）			1	1
1110.	珍珠令		1		1
1111.	眞珠簾（律15珍珠簾）			1	1
1112.	眞珠髻		1		1
1113.	枕屛兒		1		1
1114.	枕瓶子（枕屛兒）			1	1
1115.	徵部樂		1		1
1116.	徵招調中腔		1		1
1117.	鄭郎子詞	1			1
1118.	竹馬兒		1		1
1119.	竹香子		1		1

1120.	祝英臺令		1		1
1121.	爪茉莉		1		1
1122.	卓牌子慢		1		1
1123.	卓牌子近		1		1
1124.	卓羅特髻		1		1
1125.	轉調木蘭花			1	1
1126.	轉調定風波		1		1
1127.	轉調踏莎行（踏莎行）			1	1
1128.	轉調採桂枝（典 81 採桑子）			1	1
1129.	轉應詞	1			1
1130.	中腔令		1		1
1131.	長命女	1			1
1132.	長庭怨慢			1	1
1133.	長壽仙			1	1
1134.	唱馬一枝花（典 132 促拍滿路花）			1	1
1135.	唱金縷		1		1
1136.	楚宮春		1		1
1137.	楚宮春慢		1		1
1138.	垂絲釣近		1		1
1139.	傳花枝		1		1
1140.	春風嫋娜		1		1
1141.	春歸怨		1		1
1142.	春晴		1		1
1143.	春夏兩相期		1		1
1144.	春雪間早梅		1		1
1145.	春聲碎		1		1
1146.	春從天外來（典 118 春從天上來）			1	1
1147.	春雲怨		1		1
1148.	師師令		1		1

1149.	十六賢		1		1
1150.	十六字令（歸字謠蒼梧謠）			1	1
1151.	十二時慢		1		1
1152.	石湖仙		1		1
1153.	石州	1			1
1154.	拾菜娘（典936 瑞鷓鴣 1546 鷓鴣天）			1	1
1155.	拾翠羽		1		1
1156.	少年遊慢		1		1
1157.	受恩深			1	1
1158.	壽樓春		1		1
1159.	壽山曲	1			1
1160.	山亭宴		1		1
1161.	山亭宴慢		1		1
1162.	山莊勸酒		1		1
1163.	神清秀（典362 海棠春）			1	1
1164.	賞南枝		1		1
1165.	賞松菊		1		1
1166.	上樓春		1		1
1167.	上林春慢		1		1
1168.	上升花（典443 花心動）			1	1
1169.	昇平樂		1		1
1170.	勝州令		1		1
1171.	聖葫蘆			1	1
1172.	疏簾淡月（典353 桂枝香）			1	1
1173.	蜀葵花			1	1
1174.	蜀溪春		1		1
1175.	耍鼓令		1		1
1176.	水龍吟慢		1		1
1177.	水龍吟令		1		1

1178.	水晶簾		1		1
1179.	睡花陰令		1		1
1180.	霜花腴		1		1
1181.	雙頭蓮令		1		1
1182.	雙鸂鶒		1		1
1183.	雙聲子		1		1
1184.	雙瑞蓮		1		1
1185.	雙韻子		1		1
1186.	遶地遊		1		1
1187.	繞池遊慢		1		1
1188.	冉冉雲		1		1
1189.	人月圓令		1		1
1190.	如此江山（齊天樂）			1	1
1191.	入塞		1		1
1192.	蕊珠閒		1		1
1193.	瑞庭花引		1		1
1194.	瑞雲濃		1		1
1195.	瑞雲濃慢		1		1
1196.	阮瑤臺			1	1
1197.	軟翻鞋			1	1
1198.	紫萸香慢		1		1
1199.	紫玉簫		1		1
1200.	字字變	1			1
1201.	再團圓		1		1
1202.	早梅香		1		1
1203.	早春怨（柳梢青）			1	1
1204.	澡蘭香		1		1
1205.	醉亭樓		1		1
1206.	醉紅妝		1		1
1207.	醉鄉曲		1		1

1208.	醉妝詞	1			1
1209.	醉中歸			1	1
1210.	醉瑤池		1		1
1211.	醉吟商小品		1		1
1212.	辭百師（典 1129 添聲楊柳枝）			1	1
1213.	採明珠		1		1
1214.	采綠吟		1		1
1215.	彩鳳飛		1		1
1216.	彩雲歸		1		1
1217.	採蓮曲	1			1
1218.	彩鸞歸令		1		1
1219.	簇水		1		1
1220.	簇水近		1		1
1221.	翠樓吟		1		1
1222.	翠羽吟		1		1
1223.	思仙會（典 1267 相思會）			1	1
1224.	四檻花		1		1
1225.	四字令（醉太平）			1	1
1226.	似娘兒		1		1
1227.	撒金錢		1		1
1228.	塞姑	1			1
1229.	掃地花		1		1
1230.	三臺詞	1			1
1231.	散天花		1		1
1232.	散餘霞		1		1
1233.	蘇武令		1		1
1234.	索酒		1		1
1235.	遂寧好		1		1
1236.	松風慢			1	1
1237.	松梢月		1		1

1238.	送入我門來		1		1
1239.	愛蘆花			1	1
1240.	愛月夜眠遲		1		1
1241.	愛月夜眠遲慢		1		1
1242.	暗香疏影		1		1
1243.	二郎神慢			1	1
1244.	二色蓮		1		1
1245.	二色宮桃		1		1
1246.	一片子	1			1
1247.	一葉落	1			1
1248.	伊州		1		1
1249.	伊州三臺		1		1
1250.	伊州三臺令		1		1
1251.	伊川令		1		1
1252.	夷則商國香慢		1		1
1253.	倚風嬌近		1		1
1254.	倚樓人		1		1
1255.	倚西樓		1		1
1256.	憶黃梅		1		1
1257.	憶吹簫慢		1		1
1258.	憶少年令		1		1
1259.	鴨頭綠（譜 37 典 229 多麗）			1	1
1260.	遙天奉翠華引		1		1
1261.	瑤花慢（律 17 瑤花、譜 31 瑤華）			1	1
1262.	瑤華慢（律 17 瑤花、譜 31 瑤華）			1	1
1263.	瑤階草		1		1
1264.	遊月宮令		1		1

1265.	有有令		1		1
1266.	簷前鐵		1		1
1267.	晏清堂		1		1
1268.	宴春臺慢		1		1
1269.	雁靈妙方（典 1046 雙雁兒）			1	1
1270.	雁侵雲慢		1		1
1271.	厭世憶朝元			1	1
1272.	燕歸慢			1	1
1273.	燕歸來		1		1
1274.	燕瑤池（譜 9 月江吟 25 八聲甘州）			1	1
1275.	飲馬歌		1		1
1276.	陽臺路		1		1
1277.	陽臺怨		1		1
1278.	陽關三疊		1		1
1279.	陽關引（按：又調古陽關，茲不錄）		1		1
1280.	陽春		1		1
1281.	陽春曲		1		1
1282.	應景樂		1		1
1283.	櫻桃歌	1			1
1284.	鶯聲繞紅樓		1		1
1285.	迎新春		1		1
1286.	迎春樂令		1		1
1287.	映山紅		1		1
1288.	映山紅慢		1		1
1289.	梧桐引		1		1
1290.	無月不登樓		1		1
1291.	武林春		1		1
1292.	舞春風	1			1

1293.	舞楊花		1		1
1294.	誤桃園		1		1
1295.	瓦盆歌			1	1
1296.	維楊好		1		1
1297.	尉遲杯慢		1		1
1298.	渭城曲	1			1
1299.	玩瑤臺			1	1
1300.	浣溪沙慢		1		1
1301.	萬里春		1		1
1302.	聞鵲喜		1		1
1303.	王子高六么大曲		1		1
1304.	王孫信		1		1
1305.	望梅詞		1		1
1306.	望明河		1		1
1307.	望南雲慢		1		1
1308.	望江梅	1			1
1309.	望江東		1		1
1310.	望江怨	1			1
1311.	望湘人		1		1
1312.	望春回		1		1
1313.	望雲崖引		1		1
1314.	於飛樂令		1		1
1315.	虞主歌		1		1
1316.	虞神		1		1
1317.	虞神歌		1		1
1318.	漁父家風		1		1
1319.	玉梅令		1		1
1320.	玉梅香慢		1		1
1321.	玉簞涼		1		1

1322.	玉女搖仙佩			1	1
1323.	玉女迎春慢		1		1
1324.	玉闌干		1		1
1325.	玉瓏璁（律 8 釵頭鳳，鋪 10 擷芳詞）			1	1
1326.	玉合	1			1
1327.	玉交梭			1	1
1328.	玉京謠		1		1
1329.	玉山枕		1		1
1330.	玉人歌		1		1
1331.	玉耳墜金環（燭影搖紅）			1	1
1332.	玉液泉			1	1
1333.	玉葉重黃		1		1
1334.	月邊嬌		1		1
1335.	月當廳		1		1
1336.	月宮春	1			1
1337.	月華清慢		1		1
1338.	月中桂		1		1
1339.	月中行（月宮春）			1	1
1340.	月上海棠慢		1		1
1341.	越溪春		1		1
1342.	怨春閨	1			1
1343.	怨王孫	1			1
1344.	願成雙			1	1
1345.	雲鬢松令		1		1
1346.	雲仙引		1		1
1347.	韻令		1		1
1348.	永同歡		1		1
1349.	永裕陵歌		1		1
總計					30696

六、《常用百調》

	調名	異名	唐詞	宋詞	金元詞	總
1.	浣溪沙（琓丹砂）		95	820	176	1091
2.	望江南（兵要望江南、望蓬萊，憶江南）	夢江南，江南好，夢江口，望江梅，歸塞北，春去也，謝秋娘	746	189	96	1031
3.	鷓鴣天	思佳客		712	213	1025
4.	水調歌頭		1	772	175	948
5.	念奴嬌		1	617	176	794
6.	菩薩蠻	子夜歌，重疊金，巫山一段雲	86	614	69	769
7.	西江月		47	491	220	758
8.	滿江紅			550	171	721
9.	臨江仙		34	494	176	704
10.	滿庭芳		1	350	330	681
11.	沁園春		20	438	177	635
12.	蝶戀花		1	501	72＋38	612
13.	減字木蘭花		1	439	144	584
14.	點絳唇		1	393	139	533
15.	清平樂		18	366	129	513
16.	賀新郎			439	43	482
17.	南鄉子	減字南鄉子為訛誤	39	265	141	445
18.	玉樓春（律7木蘭花）		13	351	36	400
19.	踏莎行	踏雲行		229	152	381
20.	漁家傲		5	266	107	378
21.	虞美人		24	307	35	366
22.	南歌子	春宵曲；望秦川；風（蟲捷）令；碧窗夢	27	261	70	358
23.	木蘭花慢			153	197	350
24.	江城子		15	222	103	330

25.	如夢令（無夢令）	比梅憶仙姿，宴桃源		184	142	326
26.	卜算子		1	243	79	323
27.	好事近			302	16	318
28.	水龍吟		1	315		316
29.	朝中措			259	49	308
30.	十二時		272	36		308
31.	謁金門		17	236	39	292
32.	浪淘沙	雙調又名：曲入冥，過龍門，賣花聲（與謝池春亦別名賣花聲不同）	21	186	48	255
33.	鵲橋仙			185	70	255
34.	驀山溪			191	50	241
35.	摸魚兒（摸魚子）			198	37	235
36.	柳梢青			188	30	218
37.	生查子	遇仙槎	19	183	11	213
38.	採桑子（律4醜奴兒）		17	178	15	210
39.	訴衷情	一絲風，桃花水；	11	161	33	205
40.	阮郎歸		1	179	23	203
41.	憶秦娥		.2	138	62	202
42.	洞仙歌		4	164	30	198
43.	長相思（長思仙、長相思慢）	長思仙：雙紅豆，山漸青，憶多嬌，吳山青	11	120	63	194
44.	感皇恩（典359－209泛青苔，1084蘇幕遮1278小重山）		5	108	63	176
45.	青玉案			142	29	171
46.	漁父（律1鋪1典1453漁歌子，典1452漁父引）	漁歌子	48	90	32	170

47.	瑞鷓鴣			66	102	168
48.	楊柳枝（譜 1、3 添聲楊柳枝）		135	15	17	167
49.	小重山		6	120	26	152
50.	八聲甘州			126	23	149
51.	醉落魄（一斛珠）			143	4	147
52.	齊天樂			119	27	146
53.	瑞鶴仙			121	22	143
54.	喜遷鶯		10	101	30	141
55.	蘇幕遮			28	108	136
56.	太常引			20	114	134
57.	行香子			63	66	129
58.	定風波		12	86	29	127
59.	風入松			65	54	119
60.	醉蓬萊			107	5	112
61.	烏夜啼（相見歡）		7	88	17	112
62.	聲聲慢			87	22	109
63.	永遇樂		4	78	27	109
64.	雨中花（雨中花慢、雨中花令、夜行船）		1	90	14	105？
65.	導引			99	5	104
66.	眼兒媚			94	10	104
67.	霜天曉角		1	99	3	103
68.	一翦梅			68	30	98
69.	巫山一段雲		8	7	82	97
70.	桃源憶故人			56	38	94
71.	更漏子	無漏子	27	62	3	92
72.	漢宮春		1	78	10	89
73.	千秋歲（念奴嬌）			76	11	87
74.	祝英臺近			85	2	87
75.	少年遊			83	4	87

76.	憶王孫（典 1408 －378 河傳）			54	32	86
77.	清心鏡（典 421 紅窗迥）				81	81
78.	五陵春			47	27	74
79.	五更轉		69			69
80.	酒泉子		37	22	9	68
81.	糖多令（也作唐）（律 9 典 1112 唐多令）			50	17	67
82.	燭影搖紅（律 6 憶故人）			48	17	65
83.	風流子（又調內家嬌，故單獨立目）		3	48	9	60
84.	最高樓			45	15	60
85.	望海潮			39	18	57
86.	搗練子		11		52	52
87.	一落索			47	2	49
88.	人月圓			12	35	47
89.	天仙子		11	29	5	45
90.	蘇武慢（選冠子）				45	45
91.	杏花天			43	1	44
92.	河傳		19	19	5	43
93.	花心動			34	9	43
94.	鸚鵡曲（典 413 黑漆弩）				43	43
95.	昭君怨			33	9	42
96.	滿路花（促拍滿路花）			28	13	41
97.	撥棹歌		39			39
98.	水鼓子		39			39
99.	應天長		13	26		39
100.	戀繡衾			34	4	38

七、《常用百體》

1.	浣溪沙	浣溪沙　雙調四十二字，前段三句三平韻，後段三句兩平韻　韓偓 宿醉離愁慢鬢鬟韻六銖衣薄惹輕寒韻慵紅悶翠掩青鸞韻　羅襪況兼金菡萏句雪肌仍是玉琅 ◎●○○●●○　◎○○●●○○　◎○◎●●○○　　⊙●◎○○●●　◎○◎●●○○ 玕韻骨香腰細更沈檀韻 ○　◎○◎●●○○
2.	望江南	憶江南　單調二十七字，五句三平韻　白居易 江南好句風景舊曾諳韻日出江花紅勝火句春來江水綠如藍韻能不憶江南韻 ○○●　◎●◎○○　◎●◎○○●●　◎○◎●●○○　◎●●○○
3.	鷓鴣天	鷓鴣天　雙調五十五字，前段四句三平韻，後段五句三平韻　晏幾道 彩袖殷勤捧玉鍾韻當年拚卻醉顏紅韻舞低楊柳樓心月句歌盡桃花扇影風韻　從別後句憶相 ◎●○○◎●○　◎○◎●●○○　◎○◎●○○●　◎●○○◎●○　　⊙◎●　●○ 逢韻幾回魂夢與君同韻今宵剩把銀釭照句猶恐相逢是夢中韻 ○　◎○◎●●○○　◎○◎●○○●　◎●○○●●○
4.	水調歌頭	水調歌頭　雙調九十五字，前段九句四平韻，後段十句四平韻　毛滂 九金增宋重句八玉變秦餘韻千年清浸句先淨河洛出圖書韻一段昇平光景句不但五星循軌句萬點共 ◎○◎●○　◎●◎○○　◎○◎●　◎●◎●●○○　◎●◎○◎●　◎●◎○◎●　◎●● 連珠韻垂衣本神聖句補袞妙工夫韻　朝元去句鏘環佩句冷雲衢韻芝房雅奏句儀鳳矯首聽笙竽韻 ○○　◎○◎●●　◎●●○○　　◎○●　○○●　●○○　◎○◎●　◎●◎●●○○ 天近黃麾仗曉句春早紅鸞扇暖句遲日上金鋪韻萬歲南山色句不老對唐虞韻 ◎●○○◎●　◎●○○◎●　◎●●○○　◎●○○●　◎●●○○
5.	念奴嬌	念奴嬌　雙調一百字，前後段各十句，四仄韻　蘇軾 憑空眺遠句見長空萬里句雲無留跡韻桂魄飛來光射處句冷浸一天秋碧韻玉宇瓊樓句乘鸞來去句 ◎○◎●　●◎○◎●　◎○○●　◎●◎○○●●　◎●◎○○●　◎●○○　◎○○● 人在清涼國韻江山如畫句望中煙樹歷歷韻　我醉拍手狂歌句舉杯邀月句對影成三客韻起舞徘 ◎●○○●　◎○◎●　◎○◎●●●　　◎●◎●○○　◎○◎●　◎●○○●　◎●○ 徊風露下句今夕不知何夕韻便欲乘風句翻然歸去句何用騎鵬翼韻水晶宮裏句一聲吹斷橫笛韻 ○◎●●　○●◎○○●　◎●○○　◎○◎●　◎●○○●　◎○◎●　◎○◎●○●
6.	菩薩蠻	菩薩蠻　雙調四十四字，前後段各四句，兩仄韻、兩平韻　李白 平林漠漠煙如織仄韻寒山一帶傷心碧韻暝色入高樓平韻有人樓上愁韻　玉階空佇立換仄韻宿 ⊙○◎●○○●　◎○◎●○○●　◎●●○○　◎○○●○　　◎○○●●　● 鳥歸飛急韻何處是歸程換平韻長亭更短亭韻 ●○○●　◎●●○○　◎○◎●○
7.	西江月	西江月　雙調五十字，前後段各四句，兩平韻、一叶韻　柳永 鳳額繡簾高卷句獸鈈朱戶頻搖韻兩竿紅日上花梢韻春睡懨懨難覺叶　好夢枉隨飛絮句閑愁 ◎●◎○○●　◎○◎●○○　◎○◎●●○○　◎●○○○●　　◎●◎○○●　◎○ 濃勝香醪韻不成雨暮與雲朝韻又是韶光過了叶 ◎●○○　◎○◎●●○○　◎●○○◎●

8.	滿江紅	滿江紅　雙調九十三字，前段八句四仄韻，後段十句五仄韻　柳永

滿江紅　雙調九十三字，前段八句四仄韻，後段十句五仄韻　柳永

暮雨初收句長川靜讀征帆夜落韻臨島嶼讀蓼煙疏淡句葦風蕭索韻幾許漁人橫短艇句盡將燈火歸村
◎●○○　⊙○●　⊙○●●　⊙○●　◎○○●　◎○○●⊙○●　◎●○○●●　◎○○
落韻遣行客讀當此念回程句傷漂泊韻　桐江好句煙漠漠韻波似染句山如削韻繞嚴陵灘畔句鷺飛
●韻⊙○●　⊙●●○○　◎○●韻　○○●　○●●韻○●●　○○●韻●○○○●　●○
魚躍韻遊宦區區成底事句平生況有雲泉約韻歸去來讀一曲仲宣吟句從軍樂韻
○●韻⊙●○○○●●　⊙○◎●○○●韻○●○　●●⊙○○　○○●韻

臨江仙　雙調五十四字，前後段各四句，三平韻　和凝

海棠香老春江晚句小樓霧谷空蒙韻翠鬟初出繡簾中韻麝煙鸞佩惹蘋風韻　碾玉釵搖鸂鶒戰句
◎○○●○○●　◎○◎●○○韻◎○◎●●○○韻◎○○●●○○韻　◎●○○○●●
雪肌雲鬢將融韻含情遙指碧波東韻越王臺殿蓼花紅韻
●○○●○○韻◎○◎●●○○韻◎○◎●●○○韻

滿庭芳　雙調九十五字，前後段各十句，四平韻　晏幾道

南苑吹花句西樓題葉句故園歡事重重韻憑闌秋思句閒記舊相逢韻幾處歌雲夢雨句可憐便讀流水西
⊙●○○　○○◎●　◎○○●○○韻○○○●　○●●○○韻⊙●○○●●　◎○◎●○○○
東韻別來久句淺情未有句錦字繫征鴻韻　年光還少味句開殘檻菊句落盡溪桐韻漫留得句尊前淡
○韻⊙○●　◎○◎●　◎●●○○韻　○○○●●　⊙○●●　◎●○○韻⊙○●　○○●
月西風韻此恨誰堪共說句清愁付讀綠酒杯中韻佳期在句歸時待把句香袖待啼紅韻
●○○韻◎●○○●●　○○●　◎●○○韻○○●　○○◎●　○●●○○韻

沁園春　雙調一百十四字，前段十三句四平韻，後段十二句五平韻　蘇軾

孤館燈青句野店雞號句旅枕夢殘韻漸月華收練句晨霜耿耿句雲山摛錦句朝露漙漙韻世路無窮句
○⊙○○　⊙●○○　◎●●○韻●●○○●　⊙○◎●　⊙○◎●　○●○○韻●●○○
勞生有限句似此區區長鮮歡韻微吟罷句憑征鞍無語句往事千端韻　當時共客長安韻似二陸讀
○○◎●　◎●○○○○○韻○○●　○○○○●　◎●○○韻　○○◎●○○韻●●●
初來俱少年韻有筆頭千字句胸中萬卷句致君堯舜句此事何難韻用舍由時句行藏在我句袖手何妨
○○○●○韻◎●○○●　○○●●　◎○◎●　◎●○○韻◎●○○　○○◎●　●●○○
開處看韻身長健句但優游卒歲句且斗尊前韻
○●○韻○○●　◎○○●●　◎●○○韻

減字木蘭花　雙調四十四字，前後段各四句，兩仄韻、兩平韻　歐陽修

歌檀斂袂仄韻繚繞雕梁塵暗起韻柔潤清圓平韻百琲明珠一線穿韻　櫻唇玉齒仄韻天上仙音心
⊙○◎●仄韻◎●○○○●●韻◎●○○平韻◎●○○●●○韻　⊙○◎●仄韻⊙●○○○
下事韻留住行雲平韻滿座迷魂酒半醺韻
●●韻◎●○○平韻◎●○○●●○韻

蝶戀花　雙調六十字，前後段各五句，四仄韻　馮延巳

六曲闌干偎碧樹韻楊柳風輕句展盡黃金縷韻誰把鈿箏移玉柱韻穿簾海燕雙飛去韻　滿眼遊絲
◎●○○○●●韻⊙●○○　◎●○○●韻⊙●○○○●●韻○○◎●○○●韻　◎●○○
兼落絮韻紅杏開時句一霎清明雨韻濃睡覺來鶯亂語韻驚殘好夢無尋處韻
○●●韻○●○○　◎●○○●韻○●◎○○●●韻○○◎●○○●韻

14.	點絳唇	點絳唇　雙調四十一字，前段四句三仄韻，後段五句四仄韻　馮延巳
		蔭綠圍紅句飛瓊家在桃源住韻畫橋當路韻臨水開朱戶韻　柳逕春深句行到關情處韻鬠不語韻
		◎●○○　⊙　○○●○●●　◎○●　⊙●○●●　◎○●　　◎●○●●　◎○●
		意憑風絮韻吹向郎邊去韻
		◎○○●　◎●○●●
15.	清平樂	清平樂　雙調四十六字，前段四句四仄韻，後段四句三平韻　李白
		禁闈清夜仄韻月探金窗暝韻玉帳鴛鴦噴蘭麝韻時落銀燈香地韻　女伴莫話孤眠平韻六宮羅
		◎○○●　◎○○●●　◎●○○○●●　◎●○○○●　　◎●●○○　●○○
		綺三千韻一笑皆生百媚句宸遊教在誰邊韻
		●○○　◎●○○●●　○○○●○○
16.	賀新郎	賀新郎　雙調一百十六字，前後段各十句，六仄韻　葉夢得
		睡起流鶯語韻掩蒼苔讀房櫳向曉句亂紅無數韻吹盡殘花無人問句惟有垂楊自舞韻漸暖靄讀讀初回
		⊙●○○●　◎○○　◎●○○　◎○○●　⊙●○○○●●　◎●○○●●　⊙●●　⊙○
		輕暑韻寶扇重尋明月影句暗塵侵讀上有乘鸞女韻驚舊恨句鎮如許韻　江南夢斷橫江渚韻浪黏
		◎●　◎●○○○●●　●○○　◎●○○●　○●●　◎○●　○○●●○○●　●○
		天讀蒲萄漲綠句半空煙雨韻無限樓前滄波意句誰采蘋花寄取韻但悵望讀蘭舟容與韻萬里雲帆何
		○　◎○◎●　◎○○●　◎●○○○●●　○●○○●●　◎◎●　○○○●　◎●○○○
		時到句送孤鴻讀目斷千山阻韻誰為我句唱金縷韻
		○●　◎○○　●●○○●　○◎●　●○●
17.	南鄉子	南鄉子　單調二十七字，五句兩平韻、三仄韻　歐陽炯
		畫舸停橈平韻槿花籬外竹橫橋韻水上遊人沙上女仄韻回顧韻笑指芭蕉林裏住韻
		●●○○　◎○⊙●●○○　◎●○○○●●　○●　◎●○○○●●
18.	玉樓春	玉樓春　雙調五十六字，前後段各四句，三仄韻　顧敻
		拂水雙飛來去燕韻曲檻小屏山六扇韻春愁凝思結眉心句綠綺懶調紅錦薦韻　話別多情聲欲
		●●○○○●●　◎●◎○○●●　⊙○◎●●○○　◎●◎○○●●　　◎●○○○
		戰韻玉箸痕留紅粉面韻鎮長獨立到黃昏句卻怕良宵頻夢見韻
		●　◎●○○○●●　◎○◎●●○○　◎●○○○●●
19.	踏莎行	踏莎行　雙調五十八字，前後段各五句，三仄韻　晏殊
		細草愁煙句幽花怯露韻憑闌總是消魂處韻日高深院靜無人句時時海燕雙飛去韻　帶緩羅衣句
		◎●○○　◎○◎●　○○◎●○○●　◎○◎●●○○　◎○◎●○○●　　◎●○○
		香殘蕙炷韻天長不禁迢迢路韻垂楊只解惹春風句何曾繫得行人住韻
		○○◎●　○○◎●○○●　○○◎●●○○　◎○◎●○○●
20.	漁家傲	漁家傲　雙調六十二字，前後段各五句，五仄韻　晏殊
		畫鼓聲中昏又曉韻時光只解催人老韻求得淺歡風日好韻齊揭調韻神仙一曲漁家傲韻　綠水悠
		◎●○○○●●　○○◎●○○●　○●◎○○●●　○●●　○○◎●○○●　　●●○
		悠天杳杳韻浮生豈得長年少韻莫惜醉來開口笑韻須道韻人間萬事何時了韻
		○○◎●　○○◎●○○●　◎●◎○○●●　○●　○○◎●○○●

21.	虞美人	虞美人　雙調五十六字，前後段各四句，兩仄韻、兩平韻　南唐・李煜
		風回小院庭蕪綠仄韻柳眼春相續韻憑闌半日獨無言平韻依舊竹聲新月讀似當年韻　笙歌未散
		⊙●●● ⊙●● ●○○●● ⊙●●○○ ⊙○●●○○● ⊙●●○○ ⊙●●
		尊罍在換仄韻池面冰初解韻燭明香暗畫闌深換平韻滿鬢清霜殘雪讀思難禁韻
		○○● ⊙●○○● ●○○●●○○ ◎●○○○●● ●○○
22.	南歌子	南歌子　單調二十三字，五句三平韻　溫庭筠
		手裏金鸚鵡句胸前繡鳳凰韻偷眼暗形相韻不如從嫁與句作鴛鴦韻
		●●○○● ○○●●○ ○●●○○ ●○○●● ●○○
23.	木蘭花慢	木蘭花慢　雙調一百一字，前段十句五平韻，後段十句七平韻　柳永
		坼桐花爛漫句乍疏雨讀洗清明韻正豔杏燒林句緗桃繡野句芳景如屏韻傾城韻盡尋勝賞句驟雕鞍紺
		●○○●● ◎○● ●○○ ◎●●○○ ○○●● ○●○○ ○○ ●○●● ●○○●
		幰出郊坰韻風暖繁絃脆管句萬家競奏新聲韻　盈盈韻鬥草踏青韻人豔冶讀遞逢迎韻向路傍讀往
		●●○○ ○●○○●● ●○●●○○ ○○ ●●●○ ○●● ●○○ ●●○ ●
		往遺簪墮珥句珠翠縱橫韻歡情韻對佳麗地句信金罍罄竭玉山傾韻拚卻明朝永日句畫堂一枕春醒韻
		●○●● ○●●○ ○○ ●○●● ●○○●●○○○ ●●○○●● ●○●●○○
24.	江城子	江城子　單調三十五字，七句五平韻　韋莊
		髻鬟狼藉黛眉長韻出蘭房韻別檀郎韻角聲嗚咽讀星斗漸微茫韻露冷月殘人未起句留不住句淚
		⊙○○●●○○ ●○○ ●○○ ●○○●●○○ ●●●○○●● ⊙●● ●
		千行韻
		○○
25.	如夢令	如夢令　單調三十三字，七句五仄韻、一疊韻　後唐・莊宗
		曾宴桃源深洞韻一曲舞鸞歌鳳韻長記別伊時句和淚出門相送韻如夢韻如夢疊殘月落花煙重韻
		⊙●○○○● ⊙●●○○● ⊙●●○○ ⊙●●○○● ⊙● ⊙● ○●●○○●
26.	卜算子	卜算子　雙調四十四字，前後段各四句，兩仄韻　蘇軾
		缺月掛疏桐句漏斷人初靜韻時見幽人獨往來句縹緲孤鴻影韻　驚起卻回頭句有恨無人省韻揀
		◎●●○○ ●●○○● ⊙●○○●●○ ●●○○● ⊙●●○○ ⊙●○○● ●
		盡寒枝不肯棲句寂寞沙洲冷韻
		●○○●● ●●○○●
27.	好事近	好事近　雙調四十五字，前後段各四句，兩仄韻　宋祁
		睡起玉屏風句吹去亂紅猶落韻天氣驟生輕暖句襯沉香帷箔韻　珠簾約住海棠風句愁拖兩眉
		◎●●○○ ⊙●●○○● ●●●○○● ⊙○○●● ⊙○●●○ ⊙●●○
		角韻昨夜一庭明月句冷秋韆紅索韻
		● ◎●●○○● ●○○○●

28.	水龍吟	水龍吟　雙調一百二字，前段十一句四仄韻，後段十一句五仄韻　蘇軾
		霜寒煙冷蒹葭老句天外征鴻嘹唳韻銀河秋晚句長門燈悄句一聲初至韻應念瀟湘句岸遙人靜句水
		⊙○○●○○●　⊙●○○○●韻　⊙○○●句　⊙○○●句　⊙○○●韻　⊙●○○句　●○○●句　●
		多菰米韻乍望極平田句徘徊欲下句依前被讀風驚起韻　須信衡陽萬里韻有誰家讀錦書遙寄韻
		○○●韻　●●●○○句　○○●●句　⊙○●○○●韻　⊙●○○●●韻　●○○●●○○●韻
		萬重雲外句斜行橫陣句才疏又綴韻仙掌月明句石頭城下句影搖寒水韻念征衣未擣句佳人拂杵句
		●○○●句　○○○●句　○○●●韻　○●●○句　⊙○○●句　●○○●韻　●○○●●句　○○●●句
		有盈盈淚韻
		●○○●韻
29.	朝中措	朝中措　雙調四十八字，前段四句三平韻，後段五句兩平韻　歐陽修
		平山闌檻倚晴空韻山色有無中韻手種堂前垂柳句別來幾度春風韻　文章太守句揮毫萬字句
		⊙○○●●○○韻　⊙●●○○韻　⊙●○○○●句　⊙○○●○○韻　○○●●句　○○●●句
		一飲千鍾韻行樂直須年少句尊前看取衰翁韻
		⊙●○○韻　⊙●⊙○○●句　○○○●○○韻
30.	十二時	十二時（禪門十二時）
		夜半子，夜半子。眾生重重繁俗事。不能禪頂定自觀心，何日得悟眞如理。豪強富貴暫時間，
		究竟終歸不免死。非論我輩是凡塵，自古君王亦如此。（《全宋詞》P1105）
31.	謁金門	謁金門　雙調四十五字，前後段各四句，四仄韻　韋莊
		空相憶韻無計得傳消息韻天上嫦娥人不識韻寄書何處覓韻　新睡覺來無力韻不忍看伊書跡韻
		○⊙●韻　○●●○○●韻　○●○○○●●韻　⊙○○●●韻　○●●○○●韻　●●○○○●韻
		滿院落花春寂寂韻斷腸芳草碧韻
		⊙●●○○●●韻　●○○●●韻
32.	浪淘沙	浪淘沙令　雙調五十四字，前後段各五句，四平韻　南唐·李煜
		簾外雨潺潺韻春意闌珊韻羅衾不耐五更寒韻夢裏不知身是客句一晌貪歡韻　獨自莫憑闌韻
		⊙●●○○韻　⊙●○○韻　⊙○⊙●●○○韻　⊙●⊙○○●●句　⊙●○○韻　⊙●●○○韻
		無限江山韻別時容易見時難韻流水落花春去也句天上人間韻
		⊙●○○韻　⊙○⊙●●○○韻　⊙●⊙○○●●句　⊙●○○韻
33.	鵲橋仙	鵲橋仙　雙調五十六字，前後段各五句，兩仄韻　歐陽修
		月波清霽句煙容明淡讀靈漢舊期還至韻鵲迎橋路接天津句映夾岸讀星榆點綴韻　雲屏未卷句
		⊙○○●句　○○○●讀⊙●●○○●韻　⊙○○●●○○句　●⊙●讀○○●●韻　○○●●
		仙雞催曉句腸斷去年情味韻多應天意不教長句恁恐把讀歡娛容易韻
		○○○●句　○●●○○●韻　○○○●●○○句　●●●讀○○○●韻
34.	驀山溪	驀山溪　雙調八十二字，前後段各九句，三仄韻　程垓
		老來風味句是事都無可韻只愛小書舟句剩圍著讀琅玕幾個韻呼風約月句隨分樂生涯句不羨富句
		⊙○○●句　●●○○●韻　⊙●●○○句　⊙○●讀○○●●韻　○○●●句　○●●○○句　●●●
		不憂貧句不怕烏蟾墮韻　三杯逕醉句轉覺乾坤大韻醉後百篇詩句盡從他讀讀吟鶴和韻升沉萬
		⊙○○句　⊙●○○●韻　　⊙○⊙●句　⊙●○○●韻　⊙●●○○句　⊙○○讀○○●韻○○●
		事句還與本來天句青雲上句白雲間句一任安排我韻
		●句　○●●○○句　○○●句　●○○句　⊙●○○●韻

35.	摸魚兒	摸魚兒　雙調一百十六字，前段十句六仄韻，後段十一句七仄韻　晁補之
		買陂塘讀旋栽楊柳句依稀淮岸湘浦韻東皐雨足輕痕漲句沙嘴鷺來鷗聚韻堪愛處韻最好是讀一川
		●○○　◎○○●　○○○●○●○●　○○●●○○●　○●●○○●　○●●　●●●　○●○
		夜月光流渚韻無人自舞韻任翠幕張天句柔茵藉地句酒盡未能去韻　青綾被句休憶金閨故步韻
		●●○○●　○○●●　●●●○○　○○●●　●●●○●　　○○●　○●○○●●
		儒冠曾把身誤韻弓刀千騎成何事句荒了邵平瓜圃韻君試覷韻滿青鏡讀星星鬢影今如許韻功名浪
		○○○●○●　○○○●○○●　○●●○○●　○●●　●○●　○○●●○○●　○○●
		語韻便做得班超句封侯萬里句計恐遲暮韻
		●　●●●○○　○○●●　●●○●
36.	柳梢青	柳梢青　雙調四十九字，前段六句三平韻，後段五句三平韻　秦觀
		岸草平沙韻吳王故苑句柳嫋煙斜韻雨後寒輕句風前香細句春在梨花韻　行人一棹天涯韻酒
		◎●○○　○○●●　●●○○　●●○○　○○○●　○●○○　　○○●●○○　●
		醒處讀殘陽亂鴉韻門外秋韆句牆頭紅粉句深院誰家韻
		◎●　○○●○　○●○○　○○○●　○●○○
37.	生查子	生查子　雙調四十字，前後段各四句，兩仄韻　韓偓
		侍女動妝奩句故故驚人睡韻那本未眠句背面偷垂淚韻　懶卸鳳頭釵句羞入鴛鴦被韻時復見
		◎●●○○　●●○○●　◎●●○○　◎●○○●　　◎●●○○　○●○○●　⊙●●
		殘燈句和煙墜金穗韻
		○○　⊙●●○●
38.	採桑子	採桑子　雙調四十四字，前後段各四句，三平韻　和凝
		蠨蟭領上訶梨子句繡帶雙垂韻椒戶閒時韻竸學摴蒲賭荔枝韻　叢頭鞋子紅編細句裙窣金絲韻
		⊙○◎●○○●　◎●○○　◎●○○　◎●○○●●○　　⊙○◎●○○●　⊙●○○
		無事顰眉韻春思翻教阿母疑韻
		◎●○○　⊙●○○●●○
39.	訴衷情	訴衷情　單調三十三字，十一句五仄韻、六平韻　溫庭筠
		鶯語仄韻花舞韻春晝午韻雨霏微平韻金帶枕韻換仄韻宮錦韻鳳凰帷平韻柳弱鶯交飛韻依依韻遼陽
		○●　○●　○●●　●○○　○●●　●　○●　●○○　●●○○○　○○　○○
		音信稀韻夢中歸韻
		○●○　●○○
40.	阮郎歸	阮郎歸　雙調四十七字，前段四句四平韻，後段五句四平韻　南唐・李煜
		東風吹水日銜山韻春來長自閒韻落花狼藉酒闌珊韻笙歌醉夢間韻　春睡覺句晚妝殘韻無人整
		⊙○◎●●○○　○○○●○　◎○◎●●○○　◎○◎●○　　○●●　●○○　○○●
		翠鬟韻留連光景惜朱顏句黃昏獨倚闌韻
		●○　○○○●●○○　○○●●○
41.	洞仙歌	洞仙歌　雙調八十三字，前段六句三仄韻，後段七句三仄韻　蘇軾
		冰肌玉骨句自清涼無汗韻水殿風來暗香滿韻繡簾開讀一點明月窺人句人未寢句攲枕釵橫鬢亂韻
		⊙○◎●　●○○○●　◎●○○●○●　◎○○　●●○○○○　○●●　○●○○●●
		起來攜素手句庭戶無聲句時見疏星渡河漢韻試問夜如何讀夜已三更句金波淡讀玉繩低轉韻
		◎○○●●　○●○○　◎●○○●○●　●●●○○　●●○○　○○●　●○○●
		但屈指讀西風幾時來句又不道讀流年暗中偷換韻
		●●●　○○●○○　●●●　○○●○○●

42.	憶秦娥	憶秦娥　雙調四十六字，前後段各五句，三仄韻、一疊韻　李白 簫聲咽韻秦娥夢斷秦樓月韻秦樓月疊年年柳色句灞陵傷別韻　樂遊原上清秋節韻咸陽古道 ⊙⊙●　○○◎●○○●　○○●　⊙○○◎　○○●　　◎○◎●○○●　○○◎ 音塵絕韻音塵絕疊西風殘照句漢家陵闕韻 ◎○●　○○●　○○◎●　◎○○●
43.	長相思 （長思仙、長相思慢）	長相思　雙調三十六字，前後段各四句三平韻、一疊韻　白居易 汴水流韻泗水流疊流到瓜州古渡頭韻吳山點點愁韻　思悠悠韻恨悠悠疊恨到歸時方始休韻月明 ○○○　●○○　○●○○●●○　○○●●○　○○○　●○○　●●○○○●○　●○ 人倚樓韻 ○●○
44.	感皇恩	感皇恩　雙調六十七字，前後段各七句，四仄韻　毛滂 綠水小河亭句朱闌碧甃韻江月娟娟上高柳韻畫樓縹緲句盡掛窗紗簾繡韻月明知我意句來相就韻 ◎●●○○　○○●●　○●○○●○●　◎○◎●　●●○○○●　●○○●●　○○● 銀字吹笙句金貂取酒韻小小微風弄襟袖韻薰濃炷句人共博山煙瘦韻露涼釵燕冷句更深後韻 ○●○○　○○●●　●●○○●○●　○○●　○●●○○●　●○○●●　○○●
45.	青玉案	青玉案　雙調六十七字，前後段各六句，五仄韻　賀鑄 凌波不過橫塘路韻但目送讀芳塵去韻錦瑟年華誰與度韻月樓花院句綺窗朱戶韻惟有春知處韻 ○○●●○○●　●●●●○○●　●●○○○●●　●○○●　●○○●　○●○○● 碧雲冉冉蘅臯暮韻彩筆空題斷腸句韻試問閒愁知幾許韻一川煙草句滿城風絮韻梅子黃時雨韻 ◎○●●○○●　●●○○●○●　●●○○○●●　●○○●　●○○●　○●○○●
46.	漁父	漁歌子　單調二十七字，五句四平韻　張志和 西塞山前白鷺飛韻桃花流水鱖魚肥韻青箬笠句綠蓑衣韻斜風細雨不須歸韻 ○●○○●●○　○○○●●○○　○●●　●○○　⊙○●●●○○
47.	瑞鷓鴣	瑞鷓鴣　雙調五十六字，前段四句三平韻，後段四句兩平韻　馮延巳 才罷嚴妝怨曉風韻粉牆畫壁宋家東韻蕙蘭有恨枝猶綠句桃李無言花自紅韻　燕燕巢時羅幕 ●●○○●●○　●○●●●○○　●○●●○○●　○●○○○●○　　●●○○○● 卷句鶯鶯啼處鳳樓空韻少年薄倖知何處句每夜歸來春夢中韻 ●　○○○●●○○　●○●●○○●　●●○○○●○
48.	楊柳枝	楊柳枝　單調二十八字，四句三平韻　溫庭筠 金縷毿毿碧瓦溝韻六宮眉黛惹香愁韻晚來更帶龍池雨句半拂闌干半入樓韻 ○●○○●●○　●○○●●○○　●○●●○○●　●●○○●●○
49.	小重山	小重山　雙調五十八字，前後段各四句，四平韻　薛昭蘊 春到長門春草青韻玉階華露滴月朧明韻東風吹斷玉簫聲韻宮漏促讀簾外曉啼鶯韻　愁起夢 ○●○○○●○　●○○●●●○　○○○●●○○　○●●　●●●○○　○●● 難成韻紅妝流宿淚讀不勝情韻手挼裙帶繞花行韻思君切讀羅幌暗塵生韻 ○○　○○○●●　●○○　●○○●●○○　○○●　○●●○○

50.	八聲甘州	八聲甘州　雙調九十七字，前後段各九句，四平韻　柳永
		對瀟瀟暮雨灑江天句一番洗清秋韻漸霜風淒緊句關河冷落句殘照當樓韻是處紅衰翠減句苒苒物
		●○○●●○○　●●●○○　●○○●●　○○○●○　●●○○●●　●●●
		華休韻惟有長江水句無語東流韻　不忍登高臨遠句望故鄉渺渺句歸思難收韻歎年來蹤跡句何
		○○　⊙●○○●　○●○○　　●●○○○●　●●●●●　○●○○　○
		事苦淹留韻想佳人讀妝樓長望句誤幾回讀天際識歸舟句爭知我讀倚闌干處句正恁凝愁韻
		●●○○　●○○●○○●　●●○●○●●○○　○○●●●○○●　●●○○

51.	醉落魄	一斛珠　雙調五十七字，前後段各五句，四仄韻　唐・李煜
		晚妝初過韻沈檀輕注些兒個韻向人微露丁香顆韻一曲清歌句暫引櫻桃破韻　羅袖裛殘殷色
		●○○●　○○○●●○●　●○○●○○●　●●○○　●●○○●　　○●●○○●
		可韻杯深旋被香醪涴韻繡床斜憑嬌無那韻爛嚼紅茸句笑向檀郎唾韻
		●　○○○●○○●　●○○○○○●　●●○○　●●○○●

52.	齊天樂	齊天樂　雙調一百二字，前段十句五仄韻，後段十一句五仄韻　周邦彦
		綠蕪凋盡臺城路句殊鄉又逢秋晚韻暮雨生寒句鳴蛩勸織句深閣時聞裁剪韻雲窗靜掩韻歎重拂羅
		●○○●○○●　○○●○○●　●●○○　○○●●　○●○○○●　○○●●　●○●○
		裀句頓疏花簟韻尚有練囊句露螢清夜照書卷韻　荊江留滯最久句故人相望處句離思何限韻渭
		○　●○○●　●●●○　●○○●●○●　　○○○●●●　●○○●●　○●○●　●
		水西風句長安亂葉句空憶詩情宛轉韻憑高望遠韻正玉液新篘句蟹螯初薦韻醉倒山翁句但愁斜照
		●○○　○○●●　○●○○●●　○○●●　●●●○○　●○○●　●●○○　●○○●
		斂韻
		●

53.	瑞鶴仙	瑞鶴仙　雙調一百二字，前段十一句七仄韻，後段十一句六仄韻　周邦彦
		悄郊園帶郭韻行路永句客去車塵漠漠韻斜陽映山落韻斂餘紅句猶戀孤城闌角韻凌波步弱韻過短
		●○○●●　○●●　●●○○●●　○○●○●　●○○　○●○○○●　○○●●　●●
		亭讀何用素約韻有流鶯勸我句重解雕鞍句緩引春酌韻　不記歸時早暮句上馬誰扶句醒眠朱閣韻
		○　○●●●　●○○●●　○●○○　●●○●　　●●○○●●　●●○○　●○○●
		驚飈動幕韻扶殘醉句繞紅藥韻歎西園句已是花深無地句東風何事句又惡韻任流光過卻韻猶喜洞天
		○○●●　○○●　●○●　●○○　●●○○○●　○○○●　●●　●○○●●　○●●○
		自樂韻
		●●

54.	喜遷鶯	喜遷鶯　雙調四十七字，前段五句四平韻，後段五句兩仄韻、兩平韻　韋莊
		街鼓動句禁城開平韻天上探人回韻鳳銜金榜出雲來韻平地一聲雷韻　鶯已遷句龍已化仄韻
		⊙●●　●○○　○●●○○　●○○●●○○　○●●○○　　○●○　○●●
		一夜滿城車馬韻家家樓上簇神仙換平韻爭看鶴衝天韻
		●●●○○●　○○○●●○○　○●●○○

55.	蘇幕遮	蘇幕遮　雙調六十二字，前後段各七句，四仄韻　范仲淹
		碧雲天句黃葉地韻秋色連波句波上含煙翠韻山映斜陽天接水韻芳草無情句更在斜陽外韻　黯
		●○○　○●●　○●○○　○●○○●　○●○○○●●　○●○○　●●○○●　　●
		鄉魂句追旅思韻夜夜除非句好夢留人睡韻明月樓高休獨倚韻酒入愁腸句化作相思淚韻
		○○　○●●　●●○○　●●○○●　○●○○○●●　●●○○　●●○○●

56.	太常引	太常引　雙調四十九字，前段四句四平韻，後段五句三平韻　辛棄疾 仙機似欲織纖羅韻彷彿度金梭韻無奈玉纖何韻卻彈作讀清商恨多韻　珠簾影裏句如花半 ⊙○○●●○○　●●●○○　⊙●●○○　○●●○○●○○　　○○○●　○○○ 面句絕勝隔簾歌韻世路苦風波韻且痛飲讀公無渡河韻 ● ○●●○○　●●●○○　●●●○○
57.	行香子	行香子　雙調六十六字，前段八句四平韻，後段八句三平韻　晁補之 前歲栽桃句今歲成蹊韻更黃鸝久住相知韻微行清露句細履斜暉韻對林中侶句閒中我句醉中誰韻 ⊙●○○　⊙●○○　●○○⊙●○○　○○○●　⊙●○○　●○○●　●○○　●○○ 何妨到老韻常閒常醉句任功名生事俱非韻衰顏難強句拙語多遲韻但醉同行句月同坐句影同歸韻 ⊙○●●　○○○●　●○○○●○○　○○○●　●●○○　●●○○　●○●　●○○
58.	定風波	定風波　雙調六十二字，前段五句三平韻、兩仄韻，後段六句四仄韻、兩平韻　歐陽炯 暖日閒窗映碧紗平韻小池春水浸明霞韻數樹海棠紅欲盡仄韻爭忍仄韻玉闌深掩過年華平韻　獨憑 ⊙●○○●●○　⊙○○●●○○　⊙●⊙○○●●　○●　⊙○○●●○○　　○○ 繡床方寸亂換仄韻腸斷韻珠淚穿破臉邊花平韻鄰舍女郎相借問換仄韻音信韻教人羞道未還家平韻 ⊙○●●●　○●　○●○●●○○　○●●○○●●　○●　○○○●●○○
59.	風入松	風入松　雙調七十四字，前後段各六句，四平韻　晏幾道 柳陰庭院杏梢牆韻依舊巫陽韻鳳簫已遠青樓在句水沈煙讀復暖前香韻臨鏡舞鸞離照句倚箏飛雁 ⊙○⊙●●○○　⊙●○○　⊙○⊙●○○●　●○○　⊙●○○　○●●○○●　●○○● 辭行韻　墜鞭人意自淒涼韻淚眼迴腸韻斷雲殘雨當年事句到如今讀幾度難忘韻兩袖曉風花 ○○　　⊙○○●●○○　●●○○　⊙○⊙●○○●　●○○　⊙●○○　⊙●●○○ 陌句一簾夜月蘭堂韻 ● ○●●○○○
60.	醉蓬萊	醉蓬萊　雙調九十七字，前段十一句四仄韻，後段十二句四仄韻　柳永 漸亭皋葉下句隴首雲飛句素秋新霽韻華闕中天句鎖蔥蔥佳氣韻嫩菊黃深句拒霜紅淺句近寶階香 ●○○●●　●●○○　●○○●　○●○○　●○○○●　●●○○　●○○●　●●○○ 砌韻玉宇無塵句金莖有露句碧天如水韻　正值昇平句萬幾多暇句夜色澄鮮句漏聲迢遞韻南極 ●　●●○○　○○●●　●○○●　　●●○○　●○○●　●●○○　●○○●　○● 星中句有老人呈瑞韻此際宸遊句鳳輦何處句度管絃清脆韻太液波翻句披香簾卷句月明風細韻 ○○　●●○○●　●●○○　●●○●　●●○○●　●●○○　○○○●　●○○●●
61.	烏夜啼 （相見歡）	相見歡　雙調三十六字，前段三句三平韻，後段四句兩仄韻、兩平韻　薛昭蘊 羅襪繡袂香紅平韻畫堂中韻細草平沙讀馬蹄小屏風韻　卷羅幕仄韻憑妝閣韻思無窮平韻暮雨 ⊙●●○○　●○○　⊙●○○　●○●○○　　●○●　○○●　○○○　●● 輕煙魂斷讀隔簾櫳韻 ⊙○○●　●○○
62.	聲聲慢	聲聲慢　雙調九十九字，前段九句四平韻，後段八句四平韻　晁補之 朱門深掩句擺蕩春風句無情鎮欲輕飛韻斷腸如雪撩亂句去點人衣韻朝來半和細雨句向誰家讀東館 ⊙○○●　●●○○　○○●●○○　●○○●○●　●●○○　○○●○●●　●○○　○● 西池韻算未肯讀似桃含紅蕊句留待郎歸韻　還記章臺往事句別後縱讀青青似舊時韻垂楊灞岸行人 ○○　●●●　●○○○●　○●○○　　○●○○●●　●●●　○○●●○　○○●●○○ 多少句竟折柔枝韻而今恨啼露葉句鎮香街讀拋擲因誰韻又爭可讀妒郎誇春草句步步相隨韻 ○●　●●○○　○○●○●●　●○○　○●○○　●○●　●○○○●　●●○○

63.	永遇樂	永遇樂　雙調一百四字，前後段各十一句，四仄韻　蘇軾
		明月如霜句好風如水句清景無限韻曲港跳魚句圓荷瀉露句寂寞無人見韻紞如五鼓句錚然一葉句黯
		⊙●○○　○○⊙●　○●○○韻　●●○○　○○●●　●●○○●韻⊙○⊙●　○○●●　○
		黯夢雲驚斷韻夜茫茫讀重尋無處句覺來小園行遍韻　天涯倦客句山中歸路句望斷故園心眼韻燕
		●●○○●韻●○○讀○○○●　●○⊙○○●韻　○○●●　○○○●　●●●○○●韻⊙
		子樓空句佳人何在句空鎖樓中燕韻古今如夢句何曾夢覺句但有舊歡新怨韻異時對讀黃樓夜景句爲
		●○○　○○○●　○●○○●韻●○○●　○○●●　●●●○○●韻●○●讀○○●●句○
		余浩歎韻
		○●●韻
64.	雨中花	雨中花令　雙調五十一字，前後段各四句，三仄韻　晏殊
		剪翠妝紅欲就韻折得清香滿袖韻一對鴛鴦眠未足句叶下長相守韻　莫傍細條尋嫩藕韻怕綠
		◎●○○●●韻　◎●○○●●韻　●●○○○●●句　◎●○○●韻　　◎●●○○●●韻　●●
		刺讀胃衣傷手韻可惜許讀月明風露好句恰在人歸後韻
		●讀○○○●韻●●●讀●○○●●句○●○○●韻
65.	導引	導引　雙調五十字，前段五句三平韻，後段四句三平韻　《宋史‧樂志》無名氏
		皇家盛事句三殿慶重重韻聖主極推崇韻瑤編寶列相輝映句歸美意何窮韻　鈞韶九奏度春風韻
		⊙○⊙●　⊙●●○○韻⊙●●○○韻⊙○⊙●○○●句　●●●○○韻　⊙○⊙●●○○韻
		彩仗煥儀容韻歡聲和氣彌寰宇句皇壽與天同韻
66.	眼兒媚	眼兒媚　雙調四十八字，前段五句三平韻，後段五句兩平韻　左譽
		樓上黃昏杏花寒韻斜月小闌干韻一雙燕子句兩行歸雁句畫角聲殘韻　綺窗人在東風裏句
		○●○○●○○韻　⊙●●○○韻　⊙○⊙●　⊙○⊙●　●●○○韻　　○○○●○○●句
		灑淚對春閒韻也應似舊句盈盈秋水句淡淡青山韻
		⊙●●○○韻　⊙○⊙●　○○⊙●　⊙●○○韻
67.	霜天曉角	霜天曉角　雙調四十三字，前段四句三仄韻，後段五句四仄韻　林逋
		冰清霜潔韻昨夜梅花發韻甚處玉龍三弄句聲搖動讀梅梢月韻　夢絕韻金獸熱韻曉寒蘭燼滅韻
		⊙○○●韻　●●○○●韻　⊙●●○○●句　○○●讀○○●韻　　●●韻○●●韻⊙○○●●韻
		更卷珠簾清賞句且莫掃讀階前雪韻
		●●○○○●句○●●讀○○●韻
68.	一翦梅	一翦梅雙調六十字，前後段各六句，三平韻　周邦彥
		一翦梅花萬樣嬌韻斜插疏枝句略點梅梢韻輕盈笑舞低回何句尊前句拍手相招韻　夜漸寒
		◎●○○●●○韻○●○○句◎●○○韻◎○◎●●○○句◎●○句◎●○○韻　　●●○
		深酒漸消韻袖裏時聞句玉釧輕敲韻城頭誰恁促殘更句銀漏何如句且慢明朝韻
		○●●○韻◎●○○句◎●○○韻◎○◎●●○○句◎●○○句◎●○○韻
69.	巫山一段雲	巫山一段雲雙調四十六字，前段四句三平韻，後段四句兩仄韻、兩平韻　唐昭宗
		蝶舞梨園雪句鶯啼柳帶煙平韻小池殘日豔陽天韻苧蘿山又山韻　青鳥不來愁絕仄韻忍看鴛
		◎●○○●句◎○◎●○○韻　◎○◎●●○○韻　◎○◎●○韻　　○●●○○●句○○○
		鴦雙結韻春風一等少年心換平韻閒情恨不禁韻
		○○●韻　○○●●●○○韻　○○●●○韻

70.	桃源憶 故人	桃源憶故人　雙調四十八字，前後段各四句，四仄韻　歐陽修 梅梢弄粉香猶嫩韻欲寄江南春信韻別後愁腸縈損韻說與伊爭穩韻　小爐獨守寒灰燼韻忍 ⊙○○●●○○　●●○○○●●　⊙●○○○●●　●●○○●　　○○●●○○●　○ 淚低頭畫盡韻眉上萬重新恨韻竟日無人問韻 ●●○○●　⊙●●○○●　●●○○●
71.	更漏子	更漏子　雙調四十六字，前段六句兩仄韻、兩平韻，後段六句三仄韻、兩平韻　溫庭筠 玉爐香句紅燭淚仄韻偏照畫堂秋思韻眉翠薄句鬢雲殘平韻夜長衾枕寒韻　梧桐樹仄韻三更 ⊙○○　⊙○●　⊙●●○○●　○●●　●○○　●○○●○　　○○●　○○ 雨韻不道離情正苦韻一葉葉句一聲聲換平韻空階滴到明韻 ●　⊙●○○●●　●●●　●○○　⊙○●●○
72.	漢宮春	漢宮春　雙調九十六字，前後段各九句，四平韻　晁沖之 黯黯離懷句向東門繫馬句南浦移舟韻薰風亂飛燕子句時下輕鷗韻無情渭水句問誰教讀日日東流韻 ⊙●○○　●○○●●　○●○○　⊙○●○●●　⊙●○○　⊙○●●　●○○●●●○○ 常是送讀行人去後句煙波一向離愁韻　回首舊遊如夢句記踏青鸊飲句拾翠狂遊韻無端彩雲易 ⊙●●　○○●●　○○●●○○　　⊙●●○○●　●●○○●　●●○○　○○●○● 散句覆水難收韻風流未老句抖千金讀入揚州韻應又似讀當年載酒句依前明占青樓韻 ●　⊙●○○　○○●●　●○○　●○○　⊙●●　○○●●　⊙○○●○○
73.	千秋歲 （念奴 嬌）	千秋歲　雙調七十一字，前後段各八句，五仄韻　秦觀 柳邊沙外韻城郭輕寒退韻花影亂句鶯聲碎韻飄零疏酒盞句離別寬衣帶韻人不見句碧雲暮合空相 ⊙○○●　○●○○●　○●●　○○●　○○○●●　○●○○●　○●●　●○●●○○ 對韻　憶昔西池會韻鷺鷺同飛蓋韻攜手處句今誰在韻日邊清夢斷句鏡裏朱顏改韻春去也讀落 ●　　⊙●○○●　●●○○●　○●●　○○●　●○○●●　●●○○●　○●●　● 紅萬點愁如海韻 ○○●●○○
74.	祝英臺 近	祝英臺近　雙調七十七字，前段八句三仄韻，後段八句四仄韻　程垓 墜紅輕句濃綠潤句深院句春晚韻睡起懨懨句無語小妝懶韻可堪三月風光句五更魂夢句又都被讀 ●○○　⊙●●　○●　○●　●●○○　○●●○●　⊙○○●○○　●○○●　●○● 杜鵑催趲韻　怎消遣韻人道愁與春歸句春歸愁未斷韻閒倚銀屏句羞怕淚痕滿韻斷腸沈水重 ⊙○○●　　●○●　○●○●○○　○○○●●　○●○○　○●●○●　●○○●○ 薰句瑤琴閒理句奈依舊讀夜寒人遠韻 ○　○○○●　●○●　●○○●●
75.	少年遊	少年遊雙調五十字，前段五句三平韻，後段五句兩平韻　晏殊 芙蓉花發去年枝韻雙燕欲歸飛韻蘭堂風軟句金爐香暖句新曲動簾帷韻　佳人並上千春壽句 ⊙○○●●○○　⊙●●○○　○○○●　○○○●　○●●○○　　⊙○●●○○● 深意滿瓊卮韻綠鬢朱顏句道家裝束句長似少年時韻 ○●●○○　⊙●○○　●●●　⊙●●○○
76.	憶王孫	憶王孫　單調三十一字，五句五平韻　秦觀 萋萋芳草憶王孫韻柳外樓高空斷魂韻杜宇聲聲不忍聞韻欲黃昏韻雨打梨花深閉門韻 ⊙○○●●○○　⊙●○○○●○　⊙●○○●●○　●○○　⊙●○○○●○

77.	清心鏡	紅窗迥　雙調五十三字，前段六句四仄韻，後段五句三仄韻　周邦彥
		幾日來句眞個醉韻早窗外亂紅句已深半指韻花影被風搖碎韻擁春醒未起韻　有個人人生濟
		○●○　⊙●● ●⊙●○● ●○○ ●⊙○●● ●○○●●　◎●⊙○○
		楚句向耳邊問道句今朝醒未韻情性漫騰騰地韻惱得人越醉韻
		● ●○○●● ○○●● ○●●○○● ●●○●●
78.	五陵春	武陵春　雙調四十八字，前後段各四句，三平韻　毛滂
		風過冰簷環佩響句宿霧在華茵韻剩落瑤花襯月明韻嫌怕有纖塵韻　鳳口銜燈金炫轉句人醉
		⊙●○○○●●　●●●○○　◎●○○●●○　○●●○○　◎○○○○●● ○●
		覺寒輕韻但得清光解照人韻不負五更春韻
		●○○　◎●○○●●○　◎●●○○
79.	五更轉	33777；全唐五代詞 P1113
		五更轉（維摩五更轉）
		一更初，一更初。醫王設教有多途。維摩權疾徙方丈，蓮花寶相坐街衢。
80.	酒泉子	酒泉子　雙調四十字，前段五句兩平韻、兩仄韻，後段五句三仄韻、一平韻　溫庭筠
		花映柳條平韻閒向綠萍池上仄韻憑闌干句窺細浪韻雨瀟瀟平韻　近來音信兩疏索換仄韻洞房
		⊙●●○　⊙●◎○○●　●○○ ○●●　●○○　◎○○●●○● ●○
		空寂寞韻掩銀屏句垂翠箔韻度春宵平韻
		○○●　◎○○ ○●●　●○○
81.	糖多令	唐多令　雙調六十字，前後段各五句，四平韻　劉過
		蘆葉滿汀洲韻寒沙帶淺流韻二十年讀重過南樓韻柳下繫船猶未穩句能幾日讀又中秋韻　黃河
		○●●○○　○○●●○　●●○●⊙○○ ●●●○○●● ⊙●● ●○○　⊙○
		斷磯頭韻故人曾到不韻舊江山讀渾是新愁韻欲買桂花同載酒句終不似讀少年遊韻
		●○○　◎○○●● ●○○●○○　●●●○○●● ○●● ●○○
82.	燭影搖紅	燭影搖紅　雙調四十八字，前段四句兩仄韻，後段五句三仄韻　毛滂
		老景蕭條句送君歸去添淒斷韻贈君明月滿前溪句直到西湖畔韻　門掩綠苔應遍韻爲黃花讀
		◎●○○ ●○○●○○●　●○○●●○○ ⊙●○○●　◎●●○○● ●○○
		頻開醉眼韻橘奴無恙句蝶子相迎句寒窗日短韻
		⊙○●●　●○○● ●●○○ ○○●●
83.	風流子	風流子　單調三十四字，八句六仄韻　孫光憲
		樓依長衢欲暮韻瞥見神仙伴侶韻微傅粉句攏梳頭句隱映畫簾開處韻無語韻無緒韻慢曳裙裾歸去韻
84.	最高樓	最高樓　雙調八十一字，前段八句四平韻，後段八句兩仄韻、三平韻　辛棄疾
		花知否句花一似何郎平韻又似沈東陽韻瘦棱棱地天然白句冷清清地許多香韻笑東君句還又向句
		○○● ○●●○○　●●○○　◎○○●○○● ●○○●●○○　●○○ ○●●
		北枝忙韻　著一陣讀雲時間底雪仄韻更一個讀缺些兒底月韻山下路讀水邊牆平韻風流怕有人
		●○○　●●● ○○●●● ⊙●● ●○○●●　○●● ●○○　○○●●○
		知處句影兒定竹旁廂韻且饒他句桃李趁句少年場韻
		○●　◎○●●○○　●○○ ○●● ●○○

85.	望海潮	望海潮　雙調一百七字，前段十一句五平韻，後段十一句六平韻　柳永
		東南形勝句江湖都會句錢塘自古繁華韻煙柳畫橋句風簾翠幕句參差十萬人家韻雲樹繞堤沙韻怒濤
		⊙○○● ○○○● ⊙○⊙●○○ ⊙●●○ ⊙○⊙● ⊙○⊙●○○ ⊙●●○ ●●
		卷霜雪句天塹無涯韻市列珠璣句戶盈羅綺競豪奢韻　重湖疊巘清佳韻有三秋桂子句十里荷花韻
		◎○● ○●○○ ⊙●○○ ⊙○⊙●●○○ ⊙○⊙●○○ ⊙⊙●● ⊙●○○
		羌管弄晴句菱歌泛夜句嬉嬉釣叟蓮娃韻千騎擁高牙韻乘醉聽簫鼓句吟賞煙霞韻異日圖將好景句歸
		⊙●●○ ○○⊙● ⊙○⊙●○○ ⊙●●○○ ⊙●⊙○● ⊙●○○ ⊙●○○⊙● ○
		去鳳池誇韻
		●●○○
86.	搗練子	搗練子　單調二十七字，五句三平韻　馮延巳
		深院靜句小庭空韻斷續寒砧斷續風韻無奈夜長人不寐句數聲和月到簾櫳韻
		⊙●● ●○○ ◎●○○◎●○ ⊙●●○○●● ⊙○⊙●●○○
87.	一落索	一絡索　雙調四十四字，前後段各四句，三仄韻　梅苑無名氏
		臘後東風微透韻越梅時候韻一枝芳信到江南句來報先春秀韻　宿醉頻拈輕嗅韻堪醒殘酒韻笛
		●●○○○● ●○○● ⊙○○●●○○ ○●○○● ⊙●○○○● ○○○● ●
		聲容易莫相催句留待纖纖手韻
		○○●●●○○ ○●○○●
88.	人月圓	人月圓　雙調四十八字，前段五句兩平韻，後段六句兩平韻　王詵
		小桃枝上春來早句初試薄羅衣韻年年此夜句華燈競處句人月圓時韻　禁街簫鼓句寒輕夜
		◎○◎●○○● ⊙●●○○ ⊙○⊙● ⊙○⊙● ⊙●○○ ◎○○● ⊙○●
		永句纖手同攜韻夜闌人靜句千門笑語句聲在簾幃韻
		● ⊙●○○ ◎●○○ ◎○◎● ⊙●○○
89.	天仙子	天仙子　單調三十四字，六句五仄韻　皇甫松
		晴野鷺鷥飛一隻韻水葒花發秋江碧韻劉郎此日別天仙句登綺席韻淚珠滴韻十二晚峰高歷歷韻
		⊙●●○○●● ⊙○⊙●○○● ○○●●●○○ ○●● ●○● ⊙●●○○●●
90.	蘇武慢（選冠子）	選冠子　雙調一百十一字，前段十二句四仄韻，後段十一句四仄韻　周邦彥
		水浴清蟾句葉喧凉吹句巷陌雨聲初斷韻閒依露井句笑撲流螢句惹破畫羅輕扇韻人靜夜久憑闌句愁
		●●○○ ●○○● ◎●●○○● ○○●● ●●○○ ●●●○○● ○●●●○○ ○
		不歸眠句立殘更箭韻歎年華一瞬句人今千里句夢沈書遠韻　空見說讀鬢怯瓊梳句容銷金鏡句漸
		●○○ ●○○● ●○○⊙● ○○○● ⊙○○● ⊙●●⊙●○○ ○○○● ●
		懶趁時勻染韻梅風地溽句虹雨苔滋句一架舞紅都變韻誰信無聊句爲伊才減江淹句情傷荀倩韻但明
		●●○○● ○○●● ○●○○ ●●●○○● ○●○○ ●○○●○○ ○○○● ●○
		河影下句還看疏星幾點韻
		○◎● ○◎○○●●
91.	杏花天	杏花天　雙調五十四字，前後段各四句，四仄韻　朱敦儒
		淺春庭院東風曉韻雨打鴛鴦寒悄悄韻花尖望見秋韆了韻人別後讀碧雲
		◎○◎●○○● ◎●○○○●● ○○●●○○● ○●●讀●○
		信杏韻對好景讀愁多歡少韻等他燕子傳音耗韻紅杏開還未到韻
		●● ●●●讀○○○● ●○●●○○● ○●○○●●

92.	河傳	河傳　雙調五十五字，前段七句兩仄韻、五平韻，後段七句三仄韻、四平韻　溫庭筠
		湖上仄韻閒望韻雨蕭蕭平韻煙浦花橋路遙韻謝娘翠蛾愁不銷韻終朝韻夢魂迷晚潮韻　蕩子天
		⊙● 　○● ●○○ 　●●○○●○○ ○○●○○⊙○○ ○○ ●○○●○ 　　○○⊙
		涯歸棹遠換仄韻春已晚韻鶯語空腸斷韻若耶溪換平韻溪水西頭韻楊柳堤韻不聞郎馬嘶韻
		○⊙●● 　○●● ○○○●● ●○○ ○●○○ ○●○ ●○○●○
93.	花心動	花心動　雙調一百四字，前段十句四仄韻，後段八句五仄韻　史達祖
		風約簾波句錦機寒讀難遮海棠煙雨韻酒未蘇句春枕猶欹句曾是誤成歌舞韻半霎薇帳雲頭散句奈
		○●○○ ●○○●○○⊙●○● ●●○ ○●○○ ○●●○○● ●●○○○○● ●
		愁味讀不隨香去韻盡沉靜句文園更渴句有人知否韻　懶記溫柔舊處韻偏只怕讀臨風見他桃樹韻
		○● ●○○● ●○● ○○●● ●○○● 　●●○○●● ○●● ○○●○○●
		繡戶鎖塵句錦瑟空弦句無復畫眉心緒韻待拈銀管書春恨句被雙燕讀替人言語韻望不盡讀垂楊幾千
		●●●○ ●●○○ ○●●○○● ●○○●○○● ●○● ●○○● ●●● ○○●○
		萬縷韻
		●●
94.	鸚鵡曲	鸚鵡曲雙調五十四字，前段四句三仄韻，後段四句兩仄韻　白無咎
		農家鸚鵡洲邊住韻是個不識字漁父韻浪花中讀一葉扁舟句睡煞江南煙雨韻　覺來時讀滿眼青
		○○○●○○● ●●●●●○● ●○○ ●●○○ ●●○○○● 　●○○ ●●○
		山句抖擻綠蓑歸去韻算從前讀錯怨天公句甚也有讀安排我處韻
		○ ●●●○○● ●○○ ●●○○ ●●● ○○●●
95.	昭君怨	昭君怨　雙調四十字，前後段各四句，兩仄韻、兩平韻　万俟詠
		春到南樓雪盡仄韻驚動燈期花信韻小雨一番寒平韻倚闌干韻　莫把闌干頻倚換仄韻一望幾重
		●●○○●● 　○●○○○● ●●●○○ ●○○ 　●●○○○● ●●●○
		煙水韻何處是京華換平韻暮雲遮韻
		⊙● ○●●○○ ●○○
96.	滿路花（促拍滿路花）	促拍花滿路　雙調八十三字，前後段各八句，四平韻　柳永
		香靨融春句翠鬟舞秋煙韻楚腰纖細正笄年韻鳳幃夜短句偏愛日高眠韻起來貪顗要句只恁殘卻
		⊙●○○ ●○●○○ ⊙○○●●○○ ●○●● ○●●○○ ●○○●● ●●○●
		黛眉句不整花細韻　有時攜手閒坐句偎倚綠窗前韻溫柔情態盡人憐韻畫堂春過句悄悄落花
		●⊙ ◎○○● 　●○○●○● ○●●○○ ○○○●●○○ ●○○● ●●●○
		天韻長是嬌凝處句尤殢檀郎句未教拆了秋韆韻
		○ ⊙●○○● ○●○○ ●●●●○○
97.	撥棹歌	撥棹子　雙調六十一字，前段五句五仄韻，後段四句四仄韻　尹鶚
		風切切韻深秋月韻十朵芙蓉繁豔歌韻憑小檻讀細腰無力韻空贏得讀目斷魂飛何處說韻　寸心
		○●● ○●● ●●○○○●○ ○●● ●○○● ○○● ●●○○○●● 　●○
		恰似丁香結韻看看瘦盡胸前雪韻偏掛恨讀少年拋擲韻羞見讀繡被堆紅閒不徹韻
		●●○○● ○○●●○○● ○●● ●○○● ○●● ●●○○○●●
98.	水鼓子	朝廷賞罰不逡巡，宣事書家出閣頻。當日進黃聞數紙，即憑酬答有功人。
		平起首句押韻七絕爲正體（見《全唐五代詞》頁 1123－1135）

99.	應天長	應天長　雙調五十字，前後段各五句，四仄韻　韋莊
		綠槐陰裏黃鸝語韻語深院人春晝午韻畫簾垂句金鳳舞韻寂寞繡屏香一炷韻　碧天雲句無定
		◎⊙●●○◎●　⊙●◎○◎●●　◎○○　⊙○　●◎○○●●　　●○○　○●
		處韻空有夢魂來去韻夜夜綠窗風雨韻斷腸君信否韻
		●　⊙●●○○●　●●●○○●　⊙○○●●
100.	戀繡衾	戀繡衾　雙調五十四字，前段四句三平韻，後段四句兩平韻　朱敦儒
		木落江南感未平韻雨瀟瀟讀衰鬢讀到今韻甚處是讀長安路句水連空讀山鎖暮雲韻　老人對酒
		◎◎○○◎●○　●○○　○○●　◎◎●　○○●　◎○○　●●●○　●●●○　◎◎●
		今如此句一番新讀殘夢暗驚韻又是瀟讀黃花淚句問明年讀此會怎生韻
		○○●　●○○　○●●○○　●●○　○○●　●○○　●●●○○

八、《常用百體非律句圖示》

按：1. 句讀原則：凡韻段末皆斷作句號；《詞譜》點為「讀」處皆加方框；

　　2. 異讀字加粗；

　　3. 非律句加下劃線，其中：必拗者塗紅；應拗而可律者塗藍；應律而可拗者塗綠；

　　4. 按一般句式處理不合律但按一字豆句式處理合律者斜體；

1 浣溪沙　雙調四十二字，前段三句三平韻，後段三句兩平韻　韓偓

　　宿醉離愁慢髻鬟；六銖衣薄葱輕寒。慵紅悶翠掩青鸞。

　　羅襪況兼金菡萏，雪肌仍是玉琅玕。骨香腰細更沈檀

2 憶江南　單調二十七字，五句三平韻　白居易

　　江南好，風景舊曾諳。日出江花紅勝火，春來江水綠如藍。能不憶江南。

3 鷓鴣天　雙調五十五字，前段四句三平韻，後段五句三平韻　晏幾道

　　彩袖殷勤捧玉鍾。當年拚卻醉顏紅。舞低楊柳樓心月，歌盡桃花扇影風。

　　從別後，憶相逢。幾回魂夢與君同。今宵剩把銀釭照，猶恐相逢是夢中。

4 水調歌頭　雙調九十五字，前段九句四平韻，後段十句四平韻　毛滂

　　九金增宋重，八玉變秦餘。千年清浸，先淨河洛出圖書。一段昇平光景，不但

　　五星循軌，萬點共連珠。垂衣本神聖，補袞妙工夫。

　　朝元去，鏘環佩，冷雲衢。芝房雅奏，儀鳳繡首聽隨竽。天近黃麾仗曉，春早

　　紅鸞扇暖，遲日上金鋪。萬歲南山色，不老對唐虞。

5 念奴嬌　雙調一百字，前後段各十句，四仄韻　蘇軾

憑空眺遠，見長空萬里，雲無留跡。桂魄飛來光射處，冷浸一天秋碧。玉宇瓊樓，乘鸞來去，人在清涼國。江山如畫，望中煙樹歷歷。

我醉拍手狂歌，舉杯邀月，對影成三客。起舞徘徊風露下，今夕不知何夕。便欲乘風，翩然歸去，何用騎鵬翼。水晶宮裏，一聲吹斷橫笛。

6 菩薩蠻　雙調四十四字，前後段各四句，兩仄韻、兩平韻　李白

平林漠漠煙如織。寒山一帶傷心碧。暝色入高樓。有人樓上愁。

玉階空佇立。宿鳥歸飛急。何處是歸程。長亭更短亭。

7 西江月　雙調五十字，前後段各四句，兩平韻、一叶韻　柳永

鳳額繡簾高卷，獸鈈朱戶頻搖。兩竿紅日上花梢。春睡懨懨難覺。

好夢枉隨飛絮，閒愁濃勝香醪。不成雨暮與雲朝。又是韶光過了。

8 滿江紅　雙調九十三字，前段八句四仄韻，後段十句五仄韻　柳永

暮雨初收，長川靜、征帆夜落。臨島嶼、蓼煙疏淡，葦風蕭索。幾許漁人橫短艇，盡將燈火歸村落。遣行客，當此念回程，傷漂泊。

桐江好，煙漠漠。波似染，山如削。繞嚴陵灘畔，鷺飛魚躍。遊宦區區成底事，平生況有雲泉約。歸去來，一曲仲宣吟，從軍樂。

9 臨江仙　雙調五十四字，前後段各四句，三平韻　和凝

海棠香老春江晚，小樓霧谷空濛。翠鬟初出繡簾中。麝煙鸞佩惹蘋風。

碾玉釵搖鸂鶒戰，雪肌雲鬢將融。含情遙指碧波東。越王臺殿蓼花紅。

10 滿庭芳　雙調九十五字，前後段各十句，四平韻　晏幾道

南苑吹花，西樓題葉，故園歡事重重。憑闌秋思，閒記舊相逢。幾處歌雲夢雨，可惜便、流水西東。別來久，淺情未有，錦字繫征鴻。

年光還少味，開殘檻菊，落盡溪桐。漫留得，尊前淡月西風。此恨誰堪共說，清愁付、綠酒杯中。佳期在，歸時待把，香袖看啼紅。

11 沁園春　雙調一百十四字，前段十三句四平韻，後段十二句五平韻　蘇軾

孤館燈青，野店雞號，旅枕夢殘。漸月華收練，晨霜耿耿，雲山摛錦，朝露溥溥。世路無窮，勞生有限，似此區區長鮮歡。微吟罷，憑征鞍無語，往事千端。

當時共客長安。似二陸，初來俱少年。有筆頭千字，胸中萬卷，致君堯舜，此事何難。用舍由時，行藏在我，袖手何妨閒處看。身長健，但優游卒歲，且斗尊前。

12 減字木蘭花　雙調四十四字，前後段各四句，兩仄韻、兩平韻　歐陽修

歌檀斂袂。繚繞雕梁塵暗起。柔潤清圓。百琲明珠一線穿。

櫻唇玉齒。天上仙音心下事。留住行雲。滿座迷魂酒半醺。

13 蝶戀花　雙調六十字，前後段各五句，四仄韻　馮延巳

六曲闌干偎碧樹。楊柳風輕，展盡黃金縷。誰把鈿箏移玉柱。穿簾海燕雙飛去。

滿眼遊絲兼落絮。紅杏開時，一霎清明雨。濃睡覺來鶯亂語。驚殘好夢無尋處。

14 點絳唇　雙調四十一字，前段四句三仄韻，後段五句四仄韻　馮延巳

蔭綠圍紅，飛瓊家在桃源住。畫橋當路。臨水開朱戶。

柳徑春深，行到關情處。顰不語。意憑風絮。吹向郎邊去。

15 清平樂　雙調四十六字，前段四句四仄韻，後段四句三平韻　李白

禁闈清夜。月探金窗蟀。玉帳鴛鴦噴蘭麝。時落銀燈香炧。

女伴莫話孤眠。六宮羅綺三千。一笑皆生百媚，宸遊教在誰邊。

16 賀新郎　雙調一百十六字，前後段各十句，六仄韻　葉夢得

睡起流鶯語。掩蒼苔，房櫳向曉，亂紅無數。吹盡殘花無人問，惟有垂楊自舞。漸暖靄，初回輕暑。寶扇重尋明月影，暗塵侵，上有乘鸞女。驚舊恨，鎮如許。

江南夢斷衡江渚。浪黏天，蒲萄漲綠，半空煙雨。無限樓前滄波意，誰采蘋花寄取。但悵望，蘭舟容與。萬里雲帆何時到，送孤鴻，目斷千山阻。誰爲我，唱金縷。

17 南鄉子　單調二十七字，五句兩平韻、三仄韻　歐陽炯

畫舸停橈。槿花籬外竹橫橋。水上遊人沙上女。回顧。笑指芭蕉林裏住。

18 玉樓春　雙調五十六字，前後段各四句，三仄韻　顧敻

拂水雙飛來去燕。曲檻小屏山六扇。春愁凝思結眉心，綠綺懶調紅錦薦。

話別多情聲欲戰。玉箸痕留紅粉面。鎮長獨立到黃昏，卻怕良宵頻夢見。

19 踏莎行　雙調五十八字，前後段各五句，三仄韻　晏殊

細草愁煙，幽花怯露。憑闌總是消魂處。日高深院靜無人，時時海燕雙飛去。
帶緩羅衣，香殘蕙炷。天長不禁迢迢路。垂楊只解惹春風，何曾繫得行人住。

20 漁家傲　雙調六十二字，前後段各五句，五仄韻　晏殊

畫鼓聲中昏又曉。時光只解催人老。求得淺歡風日好。齊揭調。神仙一曲漁
家傲。
綠水悠悠天杳杳。浮生豈得長年少。莫惜醉來開口笑。須信道。人間萬事何
時了。

21 虞美人　雙調五十六字，前後段各四句，兩仄韻、兩平韻　南唐・李煜

風回小院庭蕪綠。柳眼春相續。憑闌半日獨無言，依舊竹聲新月，似當年。
笙歌未散尊罍在。池面冰初解。燭明香暗畫闌深，滿鬢清霜殘雪，思難禁。

22 南歌子　單調二十三字，五句三平韻　溫庭筠

手裏金鸚鵡，胸前繡鳳凰。偷眼暗形相。不如從嫁與，作鴛鴦。

23 木蘭花慢　雙調一百一字，前段十句五平韻，後段十句七平韻　柳永

坼桐花爛漫，乍疏雨，洗清明。正豔杏燒林，緗桃繡野，芳景如屏。傾城。
盡尋勝賞，驟雕鞍紺幰出郊坰。風暖繁絃脆管，萬家競奏新聲。
盈盈。鬥草踏青，人豔冶，遞逢迎。向路傍，往往遺簪墮珥，珠翠縱橫。歡
情。對佳麗地，信金罍罄竭玉山傾。拚卻明朝永日，畫堂一枕春醒。

24 卜算子　雙調四十四字，前後段各四句，兩仄韻　蘇軾

缺月掛疏桐，漏斷人初靜。時見幽人獨往來，縹緲孤鴻影。
驚起卻回頭，有恨無人省。揀盡寒枝不肯棲，寂寞沙洲冷。

25 好事近　雙調四十五字，前後段各四句，兩仄韻　宋祁

睡起玉屏風，吹去亂紅猶落。天氣驟生輕暖，襯沉香帷箔。
珠簾約住海棠風，愁拖兩眉角。昨夜一庭明月，冷秋韆紅索。

26 水龍吟　雙調一百二字，前段十一句四仄韻，後段十一句五仄韻　蘇軾

霜寒煙冷蒹葭老，天外征鴻嘹唳。銀河秋晚，長門燈悄，一聲初至。應念瀟
湘，岸遙人靜，水多菰米。乍望極平田，徘徊欲下，依前被，風驚起。

須信衡陽萬里。有誰家，錦書遙寄。萬重雲外，斜行橫陣，才疏又綴。仙掌月明，石頭城下，影搖寒水。念征衣未擣，佳人拂杵，有盈盈淚。

27 朝中措　雙調四十八字，前段四句三平韻，後段五句兩平韻　歐陽修

平山闌檻倚情空。山色有無中。手種堂前垂柳，別來幾度春風。

文章太守，揮毫萬字，一飲千鍾。行樂直須年少，尊前看取衰翁。

28 十二時（禪門十二時）

夜半子，夜半子。眾生重重縈俗事。不能禪定自觀心，何日得悟眞如理。

豪強富貴暫時間，究竟終歸不免死。非論我輩是凡塵，自古君王亦如此。（《全宋詞》頁 1105）

29 謁金門　雙調四十五字，前後段各四句，四仄韻　韋莊

空相憶。無計得傳消息。天上嫦娥人不識。寄書何處覓。

新睡覺來無力。不忍看伊書跡。滿院落花春寂寂。斷腸芳草碧。

30 江城子　單調三十五字，七句五平韻　韋莊

髻鬟狼藉黛眉長。出蘭房。別檀郎。角聲嗚咽，星斗漸微茫。露冷月殘人未起，留不住，淚千行。

31 如夢令　單調三十三字，七句五仄韻、一疊韻　後唐・莊宗

曾宴桃源深洞。一曲舞鸞歌鳳。長記別伊時，和淚出門相送。如夢。如夢。

殘月落花煙重。

32 鵲橋仙　雙調五十六字，前後段各五句，兩仄韻　歐陽修

月波清霽，煙容明淡，靈漢舊期還至。鵲迎橋路接天津，映夾岸，星榆點綴。

雲屏未卷，仙雞催曉，腸斷去年情味。多應天意不教長，恐恐把，歡娛容易。

33 蓦山溪　雙調八十二字，前後段各九句，三仄韻　程垓

老來風味，是事都無可。只愛小書舟，剩圖著，琅玕幾個。呼風約月，隨分樂生涯，不羨富，不憂貧，不怕烏蟾墜。

三杯徑醉，轉覺乾坤大。醉後百篇詩，盡從他，龍吟鶴和。升沉萬事，還與本來天，青雲上，白雲間，一任安排我。

34 摸魚兒　雙調一百十六字，前段十句六仄韻，後段十一句七仄韻　晁補之

買陂塘，旋栽楊柳，依稀淮岸湘浦。東皋雨足輕痕漲，沙嘴鷺來鷗聚。堪愛

處。最好是，一川夜月光流渚。無人自舞。任翠幕張天，柔茵藉地，酒盡未能去。

青綾被，休憶金閨故步。儒冠曾把身誤。弓刀千騎成何事，荒了邵平瓜圃。君試覰。滿青鏡，星星鬢影今如許。功名浪語。便做得班超，封侯萬里，歸計恐遲暮。

35 柳梢青　雙調四十九字，前段六句三平韻，後段五句三平韻　秦觀
岸草平沙。吳王故苑，柳嫋煙斜。雨後寒輕，風前香細，春在梨花。
行人一棹天涯。酒醒處，殘陽亂鴉。門外秋韆，牆頭紅粉，深院誰家。

36 採桑子　雙調四十四字，前後段各四句，三平韻　和凝
蜻蜓領上訶梨子，繡帶雙垂。椒戶閒時。競學摴蒲賭荔枝。
叢頭鞋子紅編細，裙窣金絲。無事顰眉。春思翻教阿母疑。

37 生查子　雙調四十字，前後段各四句，兩仄韻　韓偓
侍女動妝奩，故故驚人睡。那知本未眠，背面偷垂淚。
懶卸鳳頭釵，羞入鴛鴦被。時復見殘燈，和煙墜金穗。

38 訴衷情令　雙調四十四字，前段四句三平韻，後段六句三平韻　晏殊
青梅煮酒鬥時新。天氣欲殘春。東城南陌花下，逢著意中人。
回繡袂，展香茵。敘情親。此時拌作，千尺遊絲，惹住朝雲。

39 阮郎歸　雙調四十七字，前段四句四平韻，後段五句四平韻　南唐·李煜
東風吹水日銜山。春來長自閒。落花狼藉酒闌珊。笙歌醉夢間。
春睡覺，晚妝殘。無人整翠鬟。留連光景惜朱顏。黃昏獨倚闌。

40 洞仙歌　雙調八十三字，前段六句三仄韻，後段七句三仄韻　蘇軾
冰肌玉骨，自清涼無汗。水殿風來暗香滿。繡簾開，一點明月窺人，人未寢，欹枕釵橫鬢亂。
起來攜素手，庭戶無聲，時見疏星渡河漢。試問夜如何，夜已三更，金波淡，玉繩低轉。但屈指，西風幾時來，又不道，流年暗中偷換。

41 浪淘沙令　雙調五十四字，前後段各五句，四平韻　南唐·李煜
簾外雨潺潺。春意闌珊。羅衾不耐五更寒。夢裏不知身是客，一晌貪歡。
獨自莫憑闌。無限江山。別時容易見時難。流水落花春去也，天上人間。

42 長相思　雙調三十六字，前後段各四句三平韻、一疊韻　白居易

汴水流。泗水流。流到瓜州古渡頭。吳山點點愁。

思悠悠。恨悠悠。恨到歸時方始休。月明人倚樓。

43 感皇恩　雙調六十七字，前後段各七句，四仄韻　毛滂

綠水小河亭，朱闌碧甃。江月娟娟上高柳。畫樓縹緲，盡掛窗紗簾繡。月明

知我意，來相就。

銀字吹笙，金貂取酒。小小微風弄襟袖。寶薰濃炷，人共博山煙瘦。露涼釵

燕冷，更深後。

44 青玉案　雙調六十七字，前後段各六句，五仄韻　賀鑄

淩波不過橫塘路。但目送，芳塵去。錦瑟年華誰與度。月臺花院，綺窗朱戶。

惟有春知處。

碧雲冉冉蘅皋暮。彩筆空題斷腸句。試問閒愁知幾許。一川煙草，滿城風絮。

梅子黃時雨。

45 漁歌子　單調二十七字，五句四平韻　張志和

西塞山前白鷺飛。桃花流水鱖魚肥。青箬笠，綠蓑衣。斜風細雨不須歸。

46 憶秦娥　雙調四十六字，前後段各五句，三仄韻、一疊韻　李白

簫聲咽。秦娥夢斷秦樓月。秦樓月，年年柳色，灞陵傷別。

樂遊原上清秋節。咸陽古道音塵絕。音塵絕，西風殘照，漢家陵闕。

47 小重山　雙調五十八字，前後段各四句，四平韻　薛昭蘊

春到長門春草青。玉階華露滴，月朧明。東風吹斷玉簫聲。宮漏促，簾外曉

啼鶯。

愁起夢難成。紅妝流宿淚，不勝情。手挼裙帶繞花行。思君切，羅幌暗塵生。

48 八聲甘州　雙調九十七字，前後段各九句，四平韻　柳永

對瀟瀟暮雨灑江天，一番洗清秋。漸霜風淒緊，關河冷落，殘照當樓。是處

紅衰翠減，苒苒物華休。惟有長江水，無語東流。

不忍登高臨遠，望故鄉渺邈，歸思難收。歎年來蹤跡，何事苦淹留。想佳人，

妝樓長望，誤幾回，天際識歸舟。爭知我，倚闌干處，正恁凝愁。

49 一斛珠　雙調五十七字，前後段各五句，四仄韻　唐·李煜

晚妝初過。沈檀輕注些兒個。向人微露丁香顆。一曲清歌,暫引櫻桃破。
羅袖裛殘殷色可。杯深旋被香醪涴。繡床斜憑嬌無那。爛嚼紅茸,笑向檀郎
唾。

50 齊天樂　雙調一百二字,前段十句五仄韻,後段十一句五仄韻　周邦彥
綠蕪凋盡臺城路,故鄉又逢秋暮。暮雨生寒,鳴蛩勸織,深閣時聞裁剪。雲
窗靜掩。歎重拂羅裀,頓疏花簟。尚有練囊,露螢清夜照書卷。
荊江留滯最久,故人相望處,離思何限。渭水西風,長安亂葉,空憶詩情宛
轉。憑高望遠。正玉液新篘,蟹螯初薦。醉倒山翁,但愁斜照斂。

51 楊柳枝　單調二十八字,四句三平韻　溫庭筠
金縷毵毵碧瓦溝。六宮眉黛惹香愁。晚來更帶龍池雨,半拂闌干半入樓。

52 瑞鶴仙　雙調一百二字,前段十一句七仄韻,後段十一句六仄韻　周邦彥
悄郊園帶郭。行路永,客去車塵漠漠。斜陽映山落。斂餘紅,猶戀孤城闌角。
凌波步弱。過短亭,何用素約。有流鶯勸我,重解雕鞍,緩引春酌。
不記歸時早暮,上馬誰扶,醒眠朱閣。驚飆動幕。扶殘醉,繞紅藥。歎西園,
已是花深無地,東風何事又惡。任流光過卻。猶喜洞天自樂。

53 喜遷鶯　雙調四十七字,前段五句四平韻,後段五句兩仄韻、兩平韻　韋莊
街鼓動,禁城開。天上探人回。鳳銜金榜出雲來。平地一聲雷。
鶯已遷,龍已化。一夜滿城車馬。家家樓上簇神仙。爭看鶴衝天。

54 蘇幕遮　雙調六十二字,前後段各七句,四仄韻　范仲淹
碧雲天,黃葉地。秋色連波,波上含煙翠。山映斜陽天接水。芳草無情,更
在斜陽外。
黯鄉魂,追旅思。夜夜除非,好夢留人睡。明月樓高休獨倚。酒入愁腸,化
作相思淚。

55 太常引　雙調四十九字,前段四句四平韻,後段五句三平韻　辛棄疾
仙機似欲織纖羅。彷彿度金梭。無奈玉纖何。卻彈作、清商恨多。
珠簾影裏,如花半面,絕勝隔簾歌。世路苦風波。且痛飲、公無渡河。

56 行香子　雙調六十六字,前段八句四平韻,後段八句三平韻　晁補之
前歲栽桃,今歲成蹊。更黃鸝久住相知。微行清露,細履斜暉。對林中侶,

閒中我，醉中誰。

何妨到老，常閒常醉，任功名生事俱非。衰顏難強，拙語多遲。但醉同行，月同坐，影同歸。

57 定風波　雙調六十二字，前段五句三平韻、兩仄韻，後段六句四仄韻、兩平韻　歐陽炯

暖日閒窗映碧紗。小池春水浸明霞。數樹海棠紅欲盡。爭忍。玉閨深掩過年華。

獨憑繡床方寸亂。腸斷。淚珠穿破臉邊花。鄰舍女郎相借問。音信。教人羞道未還家。

58 瑞鷓鴣　雙調五十六字，前段四句三平韻，後段四句兩平韻　馮延巳

才罷嚴妝怨曉風。粉牆畫壁宋家東。蕙蘭有恨枝猶綠，桃李無言花自紅。

燕燕巢時羅幕卷，鶯鶯啼處鳳樓空。少年薄倖知何處，每夜歸來春夢中。

59 風入松雙調七十四字，前後段各六句，四平韻　晏幾道

柳陰庭院杏梢牆。依舊巫陽。鳳簫已遠青樓在，水沈煙，復暖前香。臨鏡舞鸞離照，倚箏飛雁辭行。

墜鞭人意自淒涼。淚眼迴腸。斷雲殘雨當年事，到如今，幾度難忘。兩袖曉風花陌，一簾夜月蘭堂。

60 醉蓬萊　雙調九十七字，前段十一句四仄韻，後段十二句四仄韻　柳永

漸亭皋葉下，隴首雲飛，素秋新霽。華闕中天，鎖蔥蔥佳氣。嫩菊黃深，拒霜紅淺，近寶階香砌。玉宇無塵，金莖有露，碧天如水。

正值昇平，萬幾多暇，夜色澄鮮，漏聲迢遞。南極星中，有老人呈瑞。此際宸遊，鳳輦何處，度管絃清脆。太液波翻，披香簾卷，月明風細。

61 相見歡　雙調三十六字，前段三句三平韻，後段四句兩仄韻、兩平韻　薛昭蘊

羅襪繡袂香紅。畫堂中。細草平沙蕃馬，小屏風。

卷羅幕。憑妝閣。思無窮。暮雨輕煙魂斷，隔簾櫳。

62 聲聲慢　雙調九十九字，前段九句四平韻，後段八句四平韻　晁補之

朱門深掩，擺蕩春風，無情鎮欲輕飛。斷腸如雪撩亂，去點人衣。朝來半和細雨，向誰家，東館西池。算未肯，似桃含紅蕊，留待郎歸。

還記章臺往事，別後縱，青青似舊時垂。灞岸行人多少，竟折柔枝。而今恨

啼露葉，鎮香街，拋擲因誰。又學可，如鼲諸春華，步步相隨。

63 永遇樂　雙調一百四字，前後段各十一句，四仄韻　蘇軾

明月如霜，好風如水，清景無限。曲港跳魚，圓荷瀉露，寂寞無人見。紞如五鼓，鏗然一葉，黯黯夢雲驚斷。夜茫茫，重尋無處，覺來小園行遍。天涯倦客，山中歸路，望斷故園心眼。燕子樓空，佳人何在，空鎖樓中燕。古今如夢，何曾夢覺，但有舊歡新怨。異時對，黃樓夜景，爲余浩歎。

64 導引　雙調五十字，前段五句三平韻，後段四句三平韻　《宋史·樂志》無名氏

皇家盛事，三殿慶重重。聖主極推崇。瑤編實列相輝映，歸美意何窮。鈞韶九奏度春風。彩仗煥儀容。歡聲和氣彌寰宇，皇壽與天同。

65 眼兒媚　雙調四十八字，前段五句三平韻，後段五句兩平韻　左譽

樓上黃昏杏花寒。斜月小闌干。一雙燕子，兩行歸雁，畫角聲殘。綺窗人在東風裏，灑淚對春閒。也應似舊，盈盈秋水，淡淡青山。

66 霜天曉角　雙調四十三字，前段四句三仄韻，後段五句四仄韻　林逋

冰清霜潔。昨夜梅花發。甚處玉龍三弄，聲搖動，枝頭月。夢絕。金獸熱。曉寒蘭燼滅。更卷珠簾清賞，且莫掃，階前雪。

67 雨中花令　雙調五十一字，前後段各四句，三仄韻　晏殊

剪翠妝紅欲就。折得清香滿袖。一對鴛鴦眠未足，葉下長相守。莫傍細條尋嫩藕。怕綠刺，罥衣傷手。可惜許，月明風露好，恰在人歸後。

68 一翦梅　雙調六十字，前後段各六句，三平韻　周邦彥

一翦梅花萬樣嬌。斜插疏枝，略點梅梢。輕盈微笑舞低回，何事尊前，拍手相招。夜漸寒深酒漸消。袖裏時聞，玉釧輕敲。城頭誰恁促殘更，銀漏何如，且慢明朝。

69 巫山一段雲　雙調四十六字，前段四句三平韻，後段四句兩仄韻、兩平韻　唐昭宗

蝶舞梨園雪，鶯啼柳帶煙。小池殘日豔陽天。苧蘿山又山。青鳥不來愁絕。忍看鴛鴦雙結。春風一等少年心。閒情恨不禁。

70 桃源憶故人　雙調四十八字，前後段各四句，四仄韻　歐陽修

梅梢弄粉香猶嫩。欲寄江南春信。別後愁腸縈損。說與伊爭穩。

小爐獨守寒灰燼。忍淚低頭畫盡。眉上萬重新恨。竟日無人問。

71 更漏子　雙調四十六字，前段六句兩仄韻、兩平韻，後段六句三仄韻、兩平韻　溫庭筠

玉爐香，紅燭淚。偏照畫堂秋思。眉翠薄，鬢雲殘。夜長衾枕寒。

梧桐樹。三更雨。不道離情正苦。一葉葉，一聲聲。空階滴到明。

72 漢宮春　雙調九十六字，前後段各九句，四平韻　晁沖之

黯黯離懷，向東門繫馬，南浦移舟。薰風亂飛燕子，時下輕鷗。無情渭水，問誰教，日日東流。常是送，行人去後，煙波一向離愁。

回首舊遊如夢，記踏青攜飲，拾翠狂遊。無端彩雲易散，覆水難收。風流未老，拌千金，重入揚州。應又似，當年載酒，依前明占青樓。

73 千秋歲　雙調七十一字，前後段各八句，五仄韻　秦觀

柳邊沙外。城郭輕寒退。花影亂，鶯聲碎。飄零疏酒盞，離別寬衣帶。人不見，碧雲暮合空相對。

憶昔西池會。鴛鷺同飛蓋。攜手處，今誰在。日邊清夢斷，鏡裏朱顏改。春去也，落紅萬點愁如海。

74 祝英臺近　雙調七十七字，前段八句三仄韻，後段八句四仄韻　程垓

墜紅輕，濃綠潤，深院又春晚。睡起懨懨，無語小妝懶。可堪三月風光，五更魂夢，又都被，杜鵑催趲。

悶消遣。人道愁與春歸，春歸愁未斷。閒倚銀屏，羞怕淚痕滿。斷腸沈水重薰，瑤琴閒理，奈依舊，夜寒人遠。

75 少年遊雙調五十字，前段五句三平韻，後段五句兩平韻　晏殊

芙蓉花發去年枝。雙燕欲歸飛。蘭堂風軟，金爐香暖，新曲動簾帷。

家人並上千春壽，深意滿瓊卮。綠鬢朱顏，道家裝束，長似少年時。

76 憶王孫　單調三十一字，五句五平韻　秦觀

萋萋芳草憶王孫。柳外樓高空斷魂。杜宇聲聲不忍聞。欲黃昏。雨打梨花深閉門。

77 紅窗迥　雙調五十三字，前段六句四仄韻，後段五句三仄韻　周邦彥

幾日來，真個醉。早窗外亂紅，已深半指。花影被風搖碎。擁春醒未起。

有個人人生濟楚，向耳邊問道，今朝醒未。情性漫騰騰地。惱得人越醉。

78 武陵春　雙調四十八字，前後段各四句，三平韻　毛滂

風過冰簷環佩響，宿霧在華茵。剩落瑤花襯月明。嫌怕有纖塵。

鳳口銜燈金炫轉，人醉覺寒輕。但得清光解照人。不負五更春

33777：全唐五代詞 P1113

79 五更轉（維摩五更轉）

一更初，一更初。醫王設教有多途。維摩權疾徙方丈，蓮花寶相坐街衢。

80 酒泉子　雙調四十字，前段五句兩平韻、兩仄韻，後段五句三仄韻、一平韻　溫庭筠

花映柳條。閒向綠萍池上。憑闌干，窺細浪。雨瀟瀟。

近來音信兩疏索。洞房空寂寞。掩銀屏，垂翠箔。度春宵。

81 燭影搖紅　雙調四十八字，前段四句兩仄韻，後段五句三仄韻　毛滂

老景蕭條，送君歸去添淒斷。贈君明月滿前溪，直到西湖畔。

門掩綠苔應遍。爲黃花，頻開醉眼。橘奴無恙，蝶子相迎，寒窗日短。

82 風流子　單調三十四字，八句六仄韻　孫光憲

樓倚長衢欲暮。瞥見神仙伴侶。微傅粉，攏梳頭，隱映畫簾開處。無語。無
緒。慢曳羅裙歸去。

83 最高樓　雙調八十一字，前段八句四平韻，後段八句兩仄韻、三平韻　辛棄疾

花知否，花一似何郎。又似沈東陽。瘦棱棱地天然白，冷清清地許多香。笑
東君，還又向，北枝忙。

要一陣，霎時間底雪。更一個，缺些兒底月。山下路，水邊牆。風流怕有人
知處，影兒守定竹旁廂。且饒他，桃李趁，少年場。

84 唐多令　雙調六十字，前後段各五句，四平韻　劉過

蘆葉滿汀洲。寒沙帶淺流。二十年，重過南樓。柳下繫船猶未穩，能幾日，
又中秋。

黃河斷磯頭。故人曾到不。舊江山，渾是新愁。欲買桂花同載酒，終不似，
少年遊。

85 望海潮　雙調一百七字，前段十一句五平韻，後段十一句六平韻　柳永

東南形勝，江湖都會，錢塘自古繁華。煙柳畫橋，風簾翠幕，參差十萬人家。
雲樹繞堤沙。怒濤卷霜雪，天塹無涯。市列珠璣，戶盈羅綺，競豪奢。

重湖疊巘清佳，有三秋桂子，十里荷花。羌管弄晴，菱歌泛夜，嬉嬉釣叟蓮

娃。千騎擁高牙。乘醉聽簫鼓，吟賞煙霞。異日圖將好景，歸去鳳池誇。

86 搗練子　單調二十七字，五句三平韻　馮延巳

深院靜，小庭空。斷續寒砧斷續風。無奈夜長人不寐，數聲和月到簾櫳。

87 一絡索　雙調四十四字，前後段各四句，三仄韻　梅苑無名氏

臘後東風微透。越梅時候。一枝芳信到江南，來報先春秀。

宿醉頻拈輕嗅。堪醒殘酒。笛聲容易莫相催，留待纖纖手。

88 人月圓　雙調四十八字，前段五句兩平韻，後段六句兩平韻　王詵

小桃枝上春來早，初試薄羅衣。年年此夜，華燈競處，人月圓時。

禁街簫鼓，寒輕夜永，纖手同攜。夜闌人靜，千門笑語，聲在簾幃。

89 天仙子　單調三十四字，六句五仄韻　皇甫松

晴野鷺鷥飛一隻。水葒花發秋江碧。劉郎此日別天仙，登綺席。淚珠滴。十

二晚峰高歷歷。

90 選冠子　雙調一百十一字，前段十二句四仄韻，後段十一句四仄韻　周邦彥

水浴清蟾，葉喧涼吹，巷陌雨聲初斷。閒依露井，笑撲流螢，惹破畫羅輕扇。

人靜夜久憑闌，愁不歸眠，立殘更箭。歎年華一瞬，人今千里，夢沈書遠。

空見說，鬢怯瓊梳，容銷金鏡，漸懶趁時勻染。梅風地溽，虹雨苔滋，一架

舞紅都變。誰信無聊，為伊才減江淹，情傷荀倩。但明河影下，還看疏星幾

點。

91 杏花天　雙調五十四字，前後段各四句，四仄韻　朱敦儒

淺春庭院東風曉。細雨打，鴛鴦寒悄。花尖望見秋韆了。無路踏青鬥草。

人別後，碧雲信杳。對好景，愁多歡少。等他燕子傳音耗。紅杏開還未到。

92 河　傳　雙調五十五字，前段七句兩仄韻、五平韻，後段七句三仄韻、四平

韻　溫庭筠

湖上。閒望。雨蕭蕭。煙浦花橋路遙。謝娘翠蛾愁不銷。終朝。夢魂迷晚潮。

蕩子天涯歸棹遠。春已晚。鶯語空腸斷。若耶溪。溪水西。柳堤。不聞郎馬

嘶。

93 花心動　雙調一百四字，前段十句四仄韻，後段八句五仄韻　史達祖

風約簾波，錦機寒，難遮海棠煙雨。夜酒未蘇，春枕猶敧，曾是誤成歌舞。半褰薇帳雲頭散，奈愁味，不隨香去。畫沈慵，文園更渴，有人知否。

懶記溫柔舊處。偏只怕，穠風見他桃杏。繡戶鎖塵，錦瑟空弦，無復畫眉心緒。待拈銀管書春恨，被雙燕，替人言語。寫不盡，垂楊繞千萬縷。

94 鸚鵡曲 雙調五十四字，前段四句三仄韻，後段四句兩仄韻　白無咎

儂家鸚鵡洲邊住。是個不識字漁父。浪花中，一葉扁舟，睡煞江南煙雨。

覺來時，滿眼青山，抖擻綠蓑歸去。算從前，錯怨天公，甚也有，安排我處。

95 昭君怨　雙調四十字，前後段各四句，兩仄韻、兩平韻　万俟詠

春到南樓雪盡。驚動燈期花信。小雨一番寒。倚闌干。

莫把闌干頻倚。一望幾重煙水。何處是京華。暮雲遮。

96 促拍花滿路　雙調八十三字，前後段各八句，四平韻　柳永

香靨融春雪，翠鬢嚲秋煙。楚腰纖細正笄年。鳳幃夜短，偏愛日高眠。起來貪顓耍，只恁殘卻黛眉，不整花鈿。

有時攜手閒坐，偎倚綠窗前。溫柔情態盡人憐。畫堂春過，悄悄落花天。長是嬌癡處，尤姹檀郎，未教拆了秋韆。

97 撥棹子　雙調六十一字，前段五句五仄韻，後段四句四仄韻　尹鶚

風切切。深秋月。十朵芙蓉繁豔歇。憑小檻，細腰無力。空贏得，目斷魂飛何處說。

寸心恰似丁香結。看看瘦盡胸前雪。偏掛恨，少年拋擲。羞睹見，繡被堆紅閒不徹。

98 水鼓子　平起首句押韻七絕爲正體（見《全唐五代詞》P1123－1135）

朝廷賞罰不逡巡。宣事書家出閣頻。當日進黃閣數紙，即憑酬答有功人。

99 應天長　雙調五十字，前後段各五句，四仄韻　韋莊

綠槐陰裏黃鸝語。深院無人春畫午。畫簾垂，金鳳舞。寂寞繡屏香一炷。

碧天雲，無定處。空有夢魂來去。夜夜綠窗風雨。斷腸君信否。

100 戀繡衾　雙調五十四字，前段四句三平韻，後段四句兩平韻　朱敦儒

木落江南感未平。雨瀟瀟，衰鬢到今。甚處是，長安路，水連空、山鎖暮雲。

老人對酒今如此，一番新，殘夢暗驚。又是灑，黃花淚，問明年，此會怎生。

九、《唐詩三百首 80 首五律非律句圖示》

說明：

1. 選自唐詩三百首卷三——五律，序號係按原書排列添加；

2. 以下劃線標示非律句（統計共 115 句）；

3. 以加點標示非律句中的「平平仄平仄」型近律句（統計共 42 句）；

4. 平仄判斷以劉淵平水韻為標準，疑難處參之以廣韻。

090 唐玄宗：經鄒魯祭孔子而歎之

夫子何為者，棲棲一代中。地猶鄹氏邑，宅即魯王宮。

歎鳳嗟身否？傷麟怨道窮。<u>今看兩楹奠</u>，當與夢時同。

091 張九齡：望月懷遠

海上生明月，天涯共此時。<u>情人怨遙夜</u>，竟夕起相思！

滅燭憐光滿，披衣覺露滋。不堪盈手贈，還寢夢佳期。

092 王勃：送杜少府之任蜀州

城闕輔三秦，風煙望五津。與君離別意，同是宦遊人。

海內存知己，天涯若比鄰。<u>無為在歧路</u>，兒女共沾巾。

093 駱賓王：在獄詠蟬並序

西路蟬聲唱，南冠客思侵。那堪玄鬢影，來對白頭吟！

露重飛難進，風多響易沈。<u>無人信高潔</u>，誰為表予心？

094 杜審言：和晉陵路丞早春遊望

獨有宦遊人，偏驚物候新。<u>雲霞出海曙</u>，梅柳渡江春。

淑氣催黃鳥，晴光轉綠蘋。忽聞歌古調，歸思欲沾巾。

095 沈佺期：雜詩

聞道黃龍戍，頻年不解兵。可憐閨裏月，長在漢家營。

少婦今春意，良人昨夜情。<u>誰能將旗鼓</u>，一為取龍城？

096 宋之問：題大庾嶺北驛

陽月南飛雁，傳聞至此回。我行殊未已，何日復歸來？

江靜潮初落，林昏瘴不開。<u>明朝望鄉處</u>，應見隴頭梅。

097 王灣：次北固山下
　　客路青山外，行舟綠水前。**潮平兩岸闊**，風正一帆懸。
　　海日生殘夜，江春入舊年。鄉書何處達？歸雁洛陽邊。

098 常建：題破山寺後禪院
　　清晨入古寺，初日照高林。曲徑通幽處，**禪房花木深**。
　　山光悅鳥性，潭影空人心。**萬籟此俱寂**，惟餘鍾磬音。

099 岑參：寄左省杜拾遺
　　聯步趨丹陛，分曹限紫微。曉隨天仗入，暮惹御香歸。
　　白髮悲花落，青雲羨鳥飛。聖朝無闕事，自覺諫書稀。

100 李白：贈孟浩然
　　吾愛孟夫子，**風流天下聞**。紅顏棄軒冕，白首臥松雲。
　　醉月頻中聖，迷花不事君。高山安可仰，徒此把清芬。

101 李白：渡荊門送別
　　渡遠荊門外，來從楚國遊。山隨平野盡，江入大荒流。
　　月下飛天鏡，雲生結海樓。**仍憐故鄉水**，萬里送行舟。

102 李白：送友人
　　青山橫北郭，白水繞東城。此地一爲別，孤蓬萬里征。
　　浮雲游子意，落日故人情。**揮手自茲去**，**蕭蕭班馬鳴**。

103 李白：聽蜀僧濬彈琴
　　蜀僧抱綠綺，西下峨眉峰。爲我一揮手，如聽萬壑松。
　　客心洗流水，餘響入霜鐘。**不覺碧山暮**，秋雲暗幾重。

104 李白：夜泊牛渚懷古
　　牛渚西江夜，**青天無片雲**。**登舟望秋月**，空憶謝將軍。
　　余亦能高詠，斯人不可聞。**明朝掛帆席**，楓葉落紛紛。

105 杜甫：月夜
　　今夜鄜州月，閨中只獨看。**遙憐小兒女**，未解憶長安。
　　香霧雲鬟濕，清輝玉臂寒。**何時倚虛幌**，雙照淚痕幹？

106 杜甫：春望

國破山河在，城春草木深。感時花濺淚，恨別鳥驚心。

烽火連三月，家書抵萬金。白頭搔更短，渾欲不勝簪。

107 杜甫：春宿左省

花隱掖垣暮，啾啾棲鳥過。星臨萬戶動，月傍九霄多。

不寢聽金鑰，因風想玉珂。明朝有封事，數問夜如何？

108 杜甫：至德二載甫自京金光門出，問道歸鳳翔。乾元初從左拾遺

移華州掾。與親故別，因出此門。有悲往事。

此道昔歸順，西郊胡正繁。至今殘破膽，應有未招魂。

近得歸京邑，移官豈至尊？無才日衰老，駐馬望千門。

109 杜甫：月夜憶舍弟

戍鼓斷人行，秋邊一雁聲。露從今夜白，月是故鄉明。

有弟皆分散，無家問死生。寄書長不達，況乃未休兵。

110 杜甫：天末懷李白

涼風起天末，君子意如何？鴻雁幾時到，江湖秋水多。

文章憎命達，魑魅喜人過。應共冤魂語，投詩贈汨羅。

111 杜甫：奉濟驛重送嚴公四韻

遠送從此別，青山空復情。幾時杯重把，昨夜月同行。

列郡謳歌惜，三朝出入榮。將村獨歸處，寂寞養殘生。

112 杜甫：別房太尉墓

他鄉復行役，駐馬別孤墳。近淚無干土，低空有斷雲。

對棋陪謝傅，把劍覓徐君。唯見林花落，鶯啼送客聞。

113 杜甫：旅夜書懷

細草微風岸，危檣獨夜舟。星垂平野闊，月湧大江流。

名豈文章著？官應老病休。飄飄何所似，天地一沙鷗。

114 杜甫：登岳陽樓

昔聞洞庭水，今上岳陽樓。吳楚東南坼，乾坤日夜浮。

親朋無一字，老病有孤舟。戎馬關山北，憑軒涕泗流。

115 王維：輞川閒居贈裴秀才迪

寒山轉蒼翠，秋水日潺湲。倚杖柴門外，臨風聽暮蟬。
渡頭餘落日，墟裏上孤煙。**復值接輿醉**，狂歌五柳前。

116 王維：山居秋暝
　　空山新雨後，天氣晚來秋。明月松間照，清泉石上流。
　　竹喧歸浣女，蓮動下漁舟。隨意春芳歇，王孫自可留。

117 王維：歸嵩山作
　　清川帶長薄，車馬去閒閒。**流水如有意**，**暮禽相與還**。
　　荒城臨古渡，落日滿秋山。迢遞嵩高下，歸來且閉關。

118 王維：終南山
　　太乙近天都，連山接海隅。白雲回望合，青靄入看無。
　　分野中峰變，陰晴眾壑殊。欲投人處宿，隔水問樵夫。

119 王維：酬張少府
　　晚年惟好靜，萬事不關心。自顧無長策，空知返舊林。
　　松風吹解帶，山月照彈琴。君問窮通理，漁歌入浦深。

120 王維：過香積寺
　　不知香積寺，數里入雲峰。古木無人徑，**深山何處鐘**？
　　泉聲咽危石，日色冷青松。薄暮空潭曲，安禪制毒龍。

121 王維：送梓州李使君
　　萬壑樹參天，千山響杜鵑。山中一夜雨，樹杪百重泉。
　　漢女輸橦布，巴人訟芋田。文翁翻教授，不敢倚先賢。

122 王維：漢江臨眺
　　楚塞三湘接，荊門九派通。江流天地外，山色有無中。
　　郡邑浮前浦，波瀾動遠空。**襄陽好風日**，留醉與山翁。

123 王維：終南別業
　　中歲頗好道，晚家南山陲。**興來每獨往**，**勝事空自知**。
　　行到水窮處，**坐看雲起時**。**偶然值林叟**，談笑無還期。

124 孟浩然：望洞庭湖贈張丞相
　　八月湖水平，涵虛混太清。氣蒸雲夢澤，波撼岳陽城。

欲濟無舟楫，端居恥聖明。坐觀垂釣者，空有羨魚情。

125 孟浩然：與諸子登峴山

人事有代謝，**往來成古今**。江山留勝蹟，我輩復登臨。
水落魚梁淺，天寒夢澤深。羊公碑字在，讀罷淚沾襟。

126 孟浩然：清明日宴梅道士房

林臥愁春盡，開軒覽物華。忽逢青鳥使，邀入赤松家。
丹竈初開火，仙桃正發花。**童顏若可駐**，何惜醉流霞！

127 孟浩然：歲暮歸南山

北闕休上書，南山歸敝廬。不才明主棄，多病故人疏。
白髮催年老，青陽逼歲除。永懷愁不寐，松月夜窗墟。

128 孟浩然：過故人莊

故人具雞黍，邀我至田家。綠樹村邊合，青山郭外斜。
開軒面場圃，把酒話桑麻。待到重陽日，還來就菊花。

129 孟浩然：秦中感秋寄遠上人

一丘嘗欲臥，三徑苦無資。北土非吾願，**東林懷我師**。
黃金燃桂盡，壯志逐年衰。日夕涼風至，聞蟬但益悲。

130 孟浩然：宿桐廬江寄廣陵舊遊

山暝聽猿愁，滄江急夜流。**風鳴兩岸葉**，月照一孤舟。
建德非吾土，維揚憶舊遊。**還將兩行淚**，遙寄海西頭。

131 孟浩然：留別王侍御維

寂寂竟何待，朝朝空自歸。欲尋芳草去，惜與故人違。
當路誰相假，知音世所稀。**只應守寂寞**，還掩故園扉。

132 孟浩然：早寒江上有懷

木落雁南渡，北風江上寒。我家襄水曲，遙隔楚雲端。
鄉淚客中盡，**孤帆天際看**。**迷津欲有問**，平海夕漫漫。

133 劉長卿：秋日登吳公臺上寺遠眺

古臺搖落後，秋日望鄉心。野寺人來少，雲峰水隔深。
夕陽依舊壘，寒磬滿空林。惆悵南朝事，長江獨至今。

134 劉常卿：送李中丞歸漢陽別業

　　流落征南將，曾驅十萬師。罷歸無舊業，老去戀明時。

　　獨立三邊靜，輕生一劍知。茫茫江漢上，日暮復何之。

135 劉長卿：餞別王十一南遊

　　望君煙水闊，揮手淚沾巾。**飛鳥沒何處**，青山空向人。

　　長江一帆遠，落日五湖春。誰見汀洲上，**相思愁白蘋**？

136 劉長卿：尋南溪常山道人隱居

　　一路經行處，莓苔見履痕。白雲依靜渚，春草閉閒門。

　　過雨看松色，隨山到水源。**溪花與禪意**，相對亦忘言。

137 劉長卿：新年作

　　鄉心新歲切，天畔獨潸然。老至居人下，春歸在客先。

　　嶺猿同旦暮，江柳共風煙。已似長沙傅，從今又幾年？

138 錢起：送僧歸日本

　　上國隨緣住，來途若夢行。浮天滄海遠，去世法舟輕。

　　水月通禪寂，魚龍聽梵聲。**惟憐一燈影**，萬里眼中明。

139 錢起：谷口書齋寄楊補闕

　　泉壑帶茅茨，**雲霞生薜帷**。竹憐新雨後，山愛夕陽時。

　　閒鷺棲常早，秋花落更遲。**家童掃蘿徑**，昨與故人期。

140 韋應物：淮上喜會梁川故人

　　江漢曾爲客，相逢每醉還。浮雲一別後，流水十年間。

　　歡笑情如舊，蕭疏鬢已斑。**何因北歸去**，淮上對秋山。

141 韋應物：賦得暮雨送李冑

　　楚江微雨裏，建業暮鐘時。漠漠帆來重，冥冥鳥去遲。

　　海門深不見，浦樹遠含滋。相送情無限，沾襟比散絲。

142 韓翃：酬程延秋夜即事見贈

　　長簟迎風早，空城澹月華。星河秋一雁，砧杵夜千家。

　　節候看應晚，心期臥亦賒。向來吟秀句，不覺已鳴鴉。

143 劉脊虛：闕題

道由白雲盡，春與青溪長。時有落花至，遠隨流水香。
閒門向山路，深柳讀書堂。幽映每白日，清輝照衣裳。

144 戴叔倫：江鄉故人偶集客舍

天秋月又滿，城闕夜千重。還作江南會，翻疑夢裏逢。
風枝驚暗鵲，露草覆寒蟲。羈旅長堪醉，相留畏曉鐘。

145 盧綸：李端公

故關衰草遍，離別正堪悲！路出寒雲外，人歸暮雪時。
少孤爲客早，多難識君遲。掩淚空相向，風塵何處期？

146 李益：喜見外弟又言別

十年離亂後，長大一相逢。問姓驚初見，稱名憶舊容。
別來滄海事，語罷暮天鐘。明日巴陵道，秋山又幾重。

147 司空曙：雲陽館與韓紳宿別

故人江海別，幾度隔山川。乍見翻疑夢，相悲各問年。
孤燈寒照雨，深竹暗浮煙。更有明朝恨，離杯惜共傳。

148 司空曙：喜外弟盧綸見宿

靜夜四無鄰，荒居舊業貧。雨中黃葉樹，燈下白頭人。
以我獨沈久，愧君相訪頻。平生自有分，況是蔡家親！

149 司空曙：賊平後送人北歸

世亂同南去，時清獨北還。他鄉生白髮，舊國見青山。
曉月過殘壘，繁星宿故關。寒禽與衰草，處處伴愁顏。

150 劉禹錫：蜀先主廟

天地英雄氣，千秋尚凜然！勢分三足鼎，業復五銖錢。
得相能開國，生兒不象賢。淒涼蜀故妓，來舞魏宮前。

151 張籍：沒蕃故人

前年伐月支，城下沒全師。蕃漢斷消息，死生長別離。
無人收廢帳，歸馬識殘旗。欲祭疑君在，天涯哭此時。

152 白居易：賦得古原草送別

離離原上草，一歲一枯榮。野火燒不盡，春風吹又生。

遠芳侵古道，晴翠接荒城。又送王孫去，萋萋滿別情。

153 杜牧：旅宿

旅館無良伴，凝情自悄然。寒燈思舊事，斷雁警愁眠。
遠夢歸侵曉，家書到來年。**滄江好煙月**，門繫釣魚船。

154 許渾：秋日赴闕題潼關驛樓

紅葉晚蕭蕭，長亭酒一瓢。殘雲歸太華，疏雨過中條。
樹色隨山迥，河聲入海遙。帝鄉明日到，猶自夢漁樵。

155 許渾：早秋

遙夜泛清瑟，西風生翠蘿。殘螢棲玉露，早雁拂銀河。
高樹曉還密，**遠山晴更多**。淮南一葉下，自覺老煙波。

156 李商隱：蟬

本以高難飽，徒勞恨費聲。五更疏欲斷，一樹碧無情。
薄宦梗猶泛，故園蕪已平。**煩君最相警**，我亦舉家清。

157 李商隱：風雨

淒涼寶劍篇，羈泊欲窮年。黃葉仍風雨，青樓自管絃。
新知遭薄俗，舊好隔良緣。心斷新豐酒，銷愁斗幾千。

158 李商隱：落花

高閣客竟去，**小園花亂飛**。參差連曲陌，迢遞送斜暉。
腸斷未忍掃，眼穿仍欲歸。**芳心向春盡**，所得是沾衣。

159 李商隱：涼思

客去波平檻，蟬休露滿枝。永懷當此節，倚立自移時。
北斗兼春遠，南陵寓使遲。天涯占夢數，疑誤有新知。

160 李商隱：北青蘿

殘陽西入崦，茅屋訪孤僧。落葉人何在？寒雲路幾層？
獨敲初夜磬，閒倚一枝藤。世界微塵裏，吾寧愛與憎。

161 溫庭筠：送人東遊

荒戍落黃葉，浩然離故關。**高風漢陽渡**，初日郢門山。
江上幾人在？天涯孤棹還。**何當重相見**，樽酒慰離顏？

162 馬戴：灞上秋居

　　灞原風雨定，晚見雁行頻。落葉他鄉樹，寒燈獨夜人。

　　空園白露滴，孤壁野僧鄰。寄臥郊扉久，何年致此身？

163 馬戴：楚江懷古

　　露氣寒光集，微陽下楚丘。**猿啼洞庭樹**，人在木蘭舟。

　　廣澤生明月，蒼山夾亂流。雲中君不見，竟夕自悲秋。

164 張喬：書邊事

　　調角斷清秋，征人倚戍樓。**春風對青冢**，白日落梁州。

　　大漠無兵阻，窮邊有客遊。**蕃情似此水**，長願向南流。

165 崔塗：巴山道中除夜有懷

　　迢遞三巴路，羈危萬里身。亂山殘雪夜，孤獨異鄉春。

　　漸與骨肉遠，轉於僮僕親。**那堪正飄泊**，明日歲華新。

166 崔塗：孤雁

　　幾行歸塞盡，片影獨何之？暮雨相呼失，寒塘欲下遲。

　　渚雲低暗渡，關月冷相隨。未必逢矰繳，孤飛自可疑。

167 杜荀鶴：春宮怨

　　早被嬋娟誤，欲妝臨鏡慵。承恩不在貌，教妾若爲容。

　　風暖鳥聲碎，日高花影重。**年年越溪女**，相憶採芙蓉。

168 韋莊：章臺夜思

　　清瑟怨遙夜，繞弦風雨哀。孤燈聞楚角，殘月下章臺。

　　芳草已雲暮，故人殊未來。鄉書不可寄，秋雁又南回。

169 僧皎然：尋陸鴻漸不遇

　　移家雖帶郭，野徑入桑麻。近種籬邊菊，秋來未著花。

　　扣門無犬吠，欲去問西家。報到山中去，歸來每日斜。

後　記

　　本書係作者同名博士論文之校訂整理，迄論文完成之日已遙過六載，指鹿覆蕉人事俱迷，斫翣之匠何可復睹，大器晚成瓦釜以久，敝帚自珍亦以爲曝，顧視當日，吾愛吾親，母親兄弟以吾駑學遙憐遠行，吾敬吾師，土水先生敦厚仁穆教我以誠，吾仰吾校、吾鄉、吾國，詩禮之邦好學之群，君子匪失錫我以靈，因欲以藉研究之蔭庇展吾人之俊秀酬於吾所愛，藉西方之新術發吾邦之舊學謝於吾所敬，寸草之心無時或忘，眷摯之境已自遠矣，唯思舊跡之所陳不能全掩，文獻之搜集俱爲事實，又其間一二見解未爲固陋，或能見用於世與學界有小補，俾不使與作者心境同流於虛妄，故俱爲訂於此，以備後來君子，至若書中語氣多係當日意氣，不煩爲改，今亦仍其原貌，非特爲違忤覺今是而昨非之時習云。

柯繼紅丁酉年桂月於三亞